在交友軟體上與前任重逢了。

VOLUME.

1

ナナシまる Illustration 秋乃える

Kadokawa Fantastic Novels

序章　在交友軟體上與前任重逢了。

那人穿著領口大大敞開的衣服。

二月明明還很冷，卻有個大膽的大姊姊露出雙峰，靠在車站的柱子上對手掌哈著氣取暖。

她差不多十秒就會看一次智慧型手機，推測是在等人。

從這個頻率看來，她注意的應該不是時間，而是對方的訊息。

過沒多久，大姊姊等的人來了。

是個留著狼尾頭，看起來有點輕浮的小哥。

可是，感覺跟一般的等人不太一樣。

小哥先用智慧型手機確認了一下，接著把大姊姊從頭到腳審視一番後，終於開口跟她搭話。

「請問妳是Connect上的香楓小姐嗎？」

「啊，是的。初次見面，你好。」

「啊，初次見面，妳好。我是拓也。」

兩人生硬地互相問候，走出車站。

第一次見面，那兩個人的距離感卻那麼近，肯定是因為他們見面前已經藉由打字聊天或講電話培養過感情了。

見面前先利用個人簡介確認，透過聊天加深對對方的了解，覺得時機成熟時再約出來見面。

光聽剛才那段對話，我一下就猜出他們是靠交友軟體認識的。

因為小哥提到了「Connect」。

Connect是時下最有名的交友軟體，影片網站上的廣告和電視廣告等各種地方，都能看見它的名字。

話雖如此，我之前從來沒聽過這東西。

最近在朋友的推薦下才終於接觸。

現在交友軟體的需求迅速增加，似乎還成為人們認識別人的主流方式，我也試著安裝了。

而我之所以站在車站觀察大姊姊等人的模樣，絕對不是因為被她的胸部吸引……並不是。

我現在也在等人。

對方是在Connect上認識的女生。

我們聊過各種話題，在認識對方的過程中發現彼此在各方面都很合得來，便決定約出來見面。

我不小心提早到了一點，在等待對方的期間越來越緊張。

眼睛該往哪裡看好呢？因為會冷就把手放進口袋，容易給人留下不好的印象，是不是拿出來比較好？衣服上有沒有線頭？一堆要擔心的事浮現腦海。

說起來，我有一年多沒跟女生約會了。

就算對方不是陌生人，還是會緊張。

必須繃緊神經，以免我緊張得不小心說出奇怪的話。

智慧型手機的通知響起，我拿起來確認，是對方傳來的訊息。

『我剛下電車！正在往車站的Seben-Eleben走！』

三宮站前的Seben-Eleben，在當地經常用來當作會面點。

跟我有約的女生就快到了。
思及此，我變得更加緊張，明明氣溫那麼低卻在擔心自己有沒有流汗。
不久前還只是旁觀者，現在則是當事人。
說不定有人看到我們跟對方打招呼的時候，會心想：「喔，那兩個人是靠交友軟體認識的吧。」
我心神不寧地望向從驗票口走出來的人群。
不愧是兵庫縣內乘客最多的車站。
沒看到穿得跟明莉小姐一樣的女生。
我從智慧型手機上抬起頭的瞬間——
「阿祥先生，讓你久等了～我是明……莉……」
明莉小姐。這是我在Connect上配對到，今天約好要在這裡見面的人名。
然而——
「「為、為什麼……」」
「為什麼妳會……」「為什麼你會……」
她理應是我第一次見到的人。不過，站在我面前的這個人不僅不是第一次見面，甚至是跟我相處的時間僅次於母親的異性。

「為什麼妳會在這裡！」「為什麼你會在這裡！」

我在約好的會面點——三宮站中央口前的Seben-Eleben見到的人，正是我的前女友高宮光。

這一天——我在交友軟體上與前任重逢了。

第一話　沒想到用交友軟體的人其實滿多的。

大學二年級的冬天，二月。說到大學生活，就是堪稱人生的暑假，最為青春的期間。至於青春所謂何物，大多數的人都會將其跟戀愛連結在一起吧。

在只有學生時期才能經歷的社團、校慶與打工等眾多體驗中，連稱不上戀愛腦的我被人問到青春的定義時，印象最為強烈的都是戀愛。我也談過戀愛。

對方是和我在高中開學典禮相遇的同班女生高宮光。

我們的座位就在隔壁，所以很常有接觸。

或許是因為志同道合的關係，我們很快就成為朋友，每天都在學校聊個不停，這樣還嫌不夠，回家也會繼續傳ＬＩＮＥ，時而換成打電話聊天，假日還會一起出去玩。

班上那些正值青春期的少年少女們看到我們這麼親密，自然不可能坐視不管，開始故意用我們聽得見的音量說我們在交往。

校慶在這樣的氣氛下到來。

我們班要表演在全世界的校慶上演過無數次，已經演到快要爛掉的戲劇《羅密歐與茱麗葉》。

選角由全班同學投票決定。

大家團結一致讓我飾演羅密歐，茱麗葉則由光飾演。

我們的關係透過排練變得更加密切，排演結束後，班上的人一定會先行離開，留我和光獨處。

好啦，知道了啦。

我表面上裝得自暴自棄，內心卻一直很想這麼做，於是決定向她表明心意。

校慶結束的那一天，我在回家路上採取行動。

「高宮……」

「什麼事……？」

從學校走到車站的途中，有一座公園。

排練完話劇後，我們總會去自動販賣機買汽水，坐在公園的長椅上喝。

可是，今天就是最後一次了……也說不定。

假如失敗，八成無法維持現在的關係。

就算成功，同樣無法維持現在的關係。雖然是在正面的意義上。

既然無論如何都會改變，希望可以往好的方向變化。

「……我們要不要在一起？」

我鼓足幹勁，這輩子的第一次告白卻是問句。我為不爭氣的自己感到失望，同時有點擔心光會不會也對我失望。不過……

「……要嗎？」

想不到她竟然反問我，我和光就這樣開始交往了。

我們進展得很順利。

任誰看來都是對恩愛的情侶，儘管常常吵架，其他人也覺得吵架代表我們感情好，我也一直都會跟她和好，所以不怎麼在意。

可是，凡事總是有始有終。

從高一的十一月到大一的二月，我和光交往了約三年三個月——最後分手了。

「所以你想跟前女友復合嘍？」

店內裝潢以白黑灰三色為主，以美味的咖啡廣受顧客好評的咖啡廳中，我的朋友一

之瀨緣司一面擦拭溼掉的托盤，一面詢問我。

「……我對她才沒有留戀！」

「哦～」

緣司一臉欲言又止的模樣。我有種被看穿的感覺，反射性地移開目光。

「小翔平常那麼冷靜，一扯到前女友就會變得很情緒化耶。」

「啥、啥？才沒有。」

「瞧你慌成這樣。」

緣司露出得意的表情，將客人點的熱咖啡放到托盤上。

彷彿被讀心了。可惡的心電感應者。

「小翔，你知道嗎？復合的機率好像連百分之二十都不到喔。」

「……這樣啊。」

其實我早就知道了。

從那一天起，我從未忘記那傢伙。

我產生過好幾次這個念頭，也調查過無數次復合方式和成功機率。可是，我們已經一年沒見了。事到如今再怎麼掙扎都沒用——

「去找個新對象啦。如果你過了這麼久還是忘不了她，用新的『喜歡』覆蓋過去就行了。」

「……」

「推薦你去玩交友軟體。上面有很多可愛的女生，大家對交友軟體的偏見也沒有以前那麼嚴重。」

「交友軟體啊……這樣就能忘記她嗎……」

「看，你果然還有留戀。」

「啊，不是，這是誤會！」

緣司的表情變得比剛剛還要得意，逃也似的用托盤端著咖啡送去給客人。

「可惡，那傢伙竟敢挖坑給我跳……」

下班後，我跟緣司一起坐在店內的吧檯座。

我試著安裝緣司推薦給我的交友軟體。

名字叫Connect。

在現存的交友軟體裡面擁有最多會員，大學生特別愛用……的樣子。

使用機制很簡單。在眾多女性之中，假如看過對方的個人簡介之後感興趣，就對她按「讚」。

這樣一來，對方也會看到自己的個人簡介，有回「讚」的話代表配對成功。配對成功才能傳送訊息給對方。

「這個機制滿好的，配對成功的瞬間就能知道對方對自己也有一定的好感。」

每位會員能按的「讚」數量有限，不能看到誰都按「讚」。

應該是想避免有人亂槍打鳥。

「喂，這個還要錢喔。」

使用數量有限的「讚」瀏覽對方的個人簡介不用花錢，不過打開訊息和傳送訊息則要支付月費的樣子。

每個月四千日圓，對大學生來說有點傷荷包。

「這樣可以過濾掉只是想載來玩玩的人，所以你若是真的想找對象，用付費軟體比較好。還是你要用免費軟體找找看？上面有一堆奇怪的女生喔。」

老實說，我並沒有一定要談戀愛。純粹是想藉此忘掉光而已。

「沒關係，用這個Connect就好。」

「哦，真想不到耶？」

免費的話，我一定會找藉口刪掉它。

所以只要花錢在上面，不讓自己逃避即可。

「我得快點前進才行。」

「哈哈，你偶爾會講這種帥氣的臺詞，好有趣。」

「不要笑！」

安裝完Connect，第一件要做的事情是填寫個人簡介。

除了身高和體重等基本資料，還有能一眼看出興趣的興趣標籤。

這樣如果雙方有共通的興趣，就能一目了然。

最後是這東西。

「Connect之所以能在交友軟體市場擁有最多的會員數，應該是因為這個性格診斷測驗。女孩子超喜歡心理測驗，聽說還有人為了這個心理測驗才安裝Connect。」

反正又是那種結果適用於每個人，利用巴納姆效應的可疑心理測驗吧。

「這是怎樣，有一百題要回答喔？」

「這樣可以更了解自己，也能讓對方更了解你這個人。如果有人說回答兩三個問題就能摸透你，你會相信嗎？」

「說得也是。」

我默默開始回答一百個問題，澈底無視在旁邊嘰哩呱啦、對我進行干擾的緣司，花了十分鐘左右做完性格診斷。

本以為會花更多時間，幸好系統有設定每個問題都必須在五秒內回答。恐怕是因為不靠直覺作答，就有可能不是那個人真正的想法。

「我看、我看～愛操心、毫無協調性！哈哈哈，有準耶！」

「閉、閉嘴啦！」

看到我的診斷結果，緣司放聲大笑。

螢幕上列出好幾個表示性格特質的標籤，系統似乎會優先推薦性格和價值觀相合的對象。

「不過『專情』這個性格標籤不錯喔。我覺得女生會喜歡。」

「是這樣嗎？」

「特別是你其他的性格標籤都超爛的，這樣能營造出一種反差感。女生對反差萌很沒抵抗力。你想想，不良少年餵食流浪貓的時候，看起來會比一般人還要溫柔不是嗎？

這是同樣的道理。」

「你在笑我對吧？」

「哈哈☆」

填寫個人簡介時，最重要的就是照片。

「要附照片好難為情。再說我平常根本沒在拍照。」

「那就現在拍吧！來，笑一個！」

緣司用智慧型手機的前鏡頭幫我拍了一張。由於事發突然，我的眼睛沒有睜開，嘴巴也張得大大的，看起來醜到不行。

「哈哈哈，好有趣的表情～！」

「你這個人喔！」

「抱歉、抱歉。不過我還滿推薦附上照片的。有沒有附照片，配對數量可是天壤之別喔。」

我不喜歡在網路上露臉。唯一一次經驗，是跟光拍的合照。

當時我因為第一次跟她拍合照，太過高興的關係，把那張照片設成ＬＩＮＥ的頭像。現在回想起來，我怎麼會幹那種蠢事。

結果我和她分手了，總不能分手後還用那張照片當頭像，所以我找了很久，好不容易在相簿中找到的照片，是跟光一起去過的咖啡廳賣的蛋包飯。

看到我換頭像的人，應該會發現我們分手了。真可悲。

「啊——不過照片還是算了。等我有那個興致再上傳。」

「是喔～這樣真的會完全配不到人喔？」

「嗯，沒關係。」

跨越基本資料、興趣標籤、性格標籤與上傳照片的重重關卡，我的個人簡介終於完成了。

一張照片都沒上傳就無法進到下一個步驟，所以我姑且先傳了跟光一起吃過的蛋包飯照片。

「那個蛋包飯是你的ＬＩＮＥ頭貼吧？是哪家店的？」

「三宮站前的那家森林系咖啡廳。雖然很樸素，不過好就好在這裡。」

「那家店啊～真不錯耶。改天我也去吃吃看好了。不過還真難得，你竟然會一個人去那種網美咖啡廳。」

「為什麼認定我是一個人去啦。」

「因為你性格孤僻，沒朋友也沒女友……啊，原來如此。」

「你在原來如此什麼。」

緣司的奸笑害我燃起怒火。這傢伙為什麼這麼瞧不起我？

「你有我這個朋友啦，就我一個！」

「你很吵耶，煩死了！」

「這個蛋包飯是跟前女友一起吃的對吧？」

他奸笑著提出直指核心的問題。這傢伙真的有夠難搞。

「是又怎樣？」

「你真的好專情。堅強又可愛。」

「你好噁。」

我和緣司結束打工離開咖啡廳，前往我們住的公寓。

我跟他成為朋友的原因，是在打工場所認識他後，發現我們不僅念同一所大學，還住在同一棟公寓。

什麼鬼，這是戀愛喜劇嗎？為啥是跟這傢伙。

「好了，趁回家前趕快對人按『讚』吧。」

先不去討論緣司為什麼比我更有幹勁，總而言之得先從對人按「讚」開始。

「從系統推薦的人裡面選好了……」

Connect會根據性格診斷的結果，自動算出合得來的對象。

「哇，好厲害。這個人跟你的契合度是百分之九十八耶！」

「這樣很厲害嗎？」

「豈止厲害！光是超過九十就超級罕見！」

契合度百分之九十八的對象，是名叫做明莉的女生。

「可是她跟我的興趣標籤和性格標籤沒一個相同。」

「興趣標籤只是用來開啟話題的東西，不影響契合度。性格也是，個性相近的人未必合得來吧？你看，我們個性完全相反，卻是好朋友啊。」

這傢伙怎麼有辦法面不改色地說出羞恥的臺詞。

「有道理，我無法想像你跟和你很像的女生交往的樣子。有種兩隻狗湊在一起的感覺，好吵。」

「你倒是跟貓一樣，貓系男！喵～」

機會難得，我無視在旁邊喵喵叫的緣司，對跟我契合度高的明莉按「讚」。

除了契合度高，她的照片更令我好奇。

「咦？她的照片……」

明莉小姐的個人簡介用的照片，並不是本人的照片。而是跟我用的蛋包飯照片是同一家店，而且還是同一道蛋包飯。

「跟你一樣耶！你們連挑照片的品味都好合得來。」

「對啊。」

我們走向公寓，然後過了十分鐘左右。

我的智慧型手機響起，確認畫面上顯示著Connect通知我的訊息。上頭寫著：『您已和明莉小姐配對成功。』

在交友軟體上的重要要素之一是第一則訊息。

軟體裡面內附定型文，有「初次見面，請多指教」這句安全的問候語。

這樣打招呼絕對不會招人反感，緣司卻建議我不要用這句定型文。

使用交友軟體的女生，會收到數不清的男性的「讚」。相對而言，用交友軟體聊天的對象照理來說也會比較多。

女方未必會每個人都回。在這個情況下，她們會如何決定回覆的優先順序呢……

「好不好回覆、第一則訊息好不好笑，最重要的是，對方是否有常識。」
「你幹嘛跑來我家啦？」
一到公寓就自然而然走進我家的緣司，信心十足地回答：
「唉喲，冷靜點。難得有人沒放照片還配對得到人，我來幫你檢查，免得你因為態度太差，錯失了機會。」
「別把我講得那麼沒用。」
於是，我聽從緣司的建議送出的第一則訊息如下：
『妳好，我叫阿祥。我們的契合度高達百分之九十八，照片又用同一家店的蛋包飯，會不會太合得來啊？這是命運吧？』
「有點輕浮，真不符合你的個性。」
的確，我自己也覺得有點輕浮。
不過我知道，男生要有點輕浮才會受歡迎。緣司就是最好的例子。
另一方面也是我想藉由開玩笑，稍微讓氣氛輕鬆一點。
「你的暱稱用阿祥啊。跟本名不同字呢。」
「除了照片，名字我也不想用本名。」

「是沒差，但我勸你身高最好不要謊報太多。」

「我又沒矮到要謊報身高。」

在我們鬥嘴的期間，智慧型手機再度響起。是Connect的通知。

「明莉傳訊息來嘍。」

我解鎖智慧型手機，打開Connect。

明莉小姐回覆了我輕浮的第一則訊息。

『你好，我叫明莉。我才剛開始使用這個交友軟體，但我知道契合度百分之九十八很不得了（笑）』

「起頭挺順利的嘛，恭喜。」

「喔、喔。」

看來這是個好起頭。

我很久沒跟女生聊天，不太清楚怎樣叫聊得開。

這麼久沒跟女生聊天，我卻和明莉小姐聊得很開心。

『我在咖啡廳打工。那家店的咖啡很好喝，所以我下班後會留在店裡寫作業。明莉小姐呢？』

『咦！我也在咖啡廳打工！是星巴巴！我在星巴可打工！竟然連打工的地方都一樣，好神奇（笑）』

『不愧是百分之九十八（笑）』

結果，我們順利地加深情誼，連緣司都判斷不用擔心。

『你最後一次交女友是什麼時候？』

『剛好一年前。明莉小姐呢？』

『我也差不多！連這都一樣耶（笑）』

在我思考該如何回應時，明莉小姐接著詢問：

『你們為什麼分手呀？』

為什麼。原因其實沒什麼大不了。

然而，當時我不小心太過倔強，釀成無法挽回的後果。

事到如今，我開不了口跟她道歉。

光應該也一樣。可是我們都分手一年了，她大概不會想要跟我復合。

一旦說出口，我可能會跟吐苦水一樣把心裡的怨言都傾倒出來，明莉小姐肯定會被我嚇到。

所以我選擇打馬虎眼。

『理念不同……』

『你們是樂團嗎！（笑）』

除此之外，我們還聊了許多。

聊喜歡的音樂家——

『我喜歡的大多是日系搖滾，現在最迷寂寞狗。』

『寂寞狗超讚的！我則喜歡bag number吧～』

聊電影——

『有部快要上映的電影，我滿想看的。』

『啊，其實我也是。』

『說不定是同一部！』

『記得片名叫……』

『『《花園般的戀愛》！』』

『『（笑）』』

聊喜歡的咖啡廳——

『這家店的蛋包飯真的很好吃對吧？而且裝潢很漂亮！我非常喜歡那裡，動不動就會去。』

『我也很喜歡這家店，以前是常客。可惜最近沒什麼機會去……』

『其實我也是……』

我們感情越來越好，正因為看不到對方的臉，平常不會講的話也敢說出口。

『跟阿祥先生聊天很開心。』

『我也很喜歡跟妳聊天。』

『方便的話……』『那麼……』

經過數日的交流。

星期五晚上，我們的關係進入下一個階段。

『『明天要不要一起去？』』

『『啊，同時（笑）』』

同時邀約，同時做出反應。儘管隔著螢幕，又連她的長相都不知道，我依然想像得出來明莉小姐的笑容。

『那麼明天……要一起去喝咖啡和看電影嗎？』

『好呀！』

＊

跟明莉小姐約會的當天。

緣司告訴我，在不知道對方長相的情況下見面很稀奇。

交友軟體的男性會員比較多，通常會由男性爭取寥寥無幾的女性。

在那之中，連個人照片都不附的男性當然不可能受歡迎，幾乎不會有人願意約出來見面。

女生會覺得沒附照片的人很可怕。

萬一對方是怪人怎麼辦？不過，我碰巧有跟對方一樣的蛋包飯照片才倖免於難。

契合度高、代替個人照片上傳的蛋包飯照片，以及聊不完的話題。

說實話，我也很驚訝。

因為和光分手後，我從來沒有跟其他人聊得這麼開心過。

簡直就像在跟光聊天。

跟認識光的時候同樣的感覺，同樣的感情。

——「藤谷同學有喜歡的人嗎……？」

光的聲音於腦內重現。當時她還用姓氏叫我。

裝成乖乖牌，用少女的聲音叫我。

——「翔！你吃吃看這個！好好吃喔！」

等她改為叫我名字後，逐漸露出本性。

驚人的食量也慢慢展現出來。雖然光很不好意思，我卻覺得這一點很可愛。可是，吵架的時候我不小心說出違心之論。

——「妳那麼愛吃，一點女人味都沒有！」

食量超大，愛吃蛋包飯，卻不會自己下廚。

她幫我做過幾次便當，老實說難吃到只能用噁心來形容。不過那個時候的我還是吃得很高興。

「呃，我可是為了澈底忘記光才開始用交友軟體，我未免太念念不忘了吧……」

我靠在車站便利商店的牆上等待明莉小姐。

不知為何，跟明莉小姐聊天的時候，總會忍不住想到光。

肯定是因為我正在慢慢對明莉小姐產生曾經對光抱持的感情。

快點開始一段新戀情，忘記光就好。

快點喜歡上其他人就好。

我點開明莉小姐透過Connect傳送訊息給我的通知，如此心想。

今天我們約在三宮站的Seben-Eleben前。

三宮站的Seben-Eleben有兩家，分別位於中央口及東口。這兩家店靠得非常近，走路連一分鐘都不用。

兩家店都開在驗票口旁邊，所以經常用來當作會面點。只不過，由於旁邊有另一家同樣的Seben-Eleben，至今以來應該有許多人不小心錯過彼此。

我和光第一次約在三宮站的時候也一樣。

——『我在東口那家前面。』

——『咦，通常不是約在中央口嗎？』

——『我以為通常約在東口（笑）對不起，那我過去中央口！』

——『謝謝（笑）』

從那一天起，我們約在三宮站時必定會選在中央口的Seben-Eleben門前會合。

說到這個，我忘記確認今天約的地方是中央口還是東口了。

『有兩家Seben-Eleben，我要去中央口還是東口的？』

明莉小姐傳來的訊息，剛好在問我想到的問題，我感覺到所謂的契合度，就是由這種小地方累積而成的吧。

『那麼，請妳來中央口這家。』

『果然通常都是約中央口吧！』

明莉小姐跟我一樣，認為一般都會約在中央口，和光不同。

我不小心提早到了一些，焦慮地等待明莉小姐。

比想像中緊張好幾倍。

不意外。雖然只有幾天，我接下來要見的是只有在網路上聊過天的人。

而且不只是見面。

今天我們要一起去喜歡的咖啡廳吃蛋包飯，然後一起看我們都想看的電影。雖然晚餐還沒決定，八成會一起吃吧。

咖啡廳已經訂好位，電影票也買好了。

今天的穿搭得到緣司的稱讚，鞋子也沒有一絲髒汙，頭髮和指甲都剪過了，整個人乾乾淨淨。

有沒有口臭啊？我才二十歲，好像不用擔心這個……？

我把手掌彎成碗狀，呼氣檢查自己是否有口臭，Connect跳出收到訊息的通知。

我只有跟明莉小姐配對，理所當然似的打開與明莉小姐的聊天視窗。

『我剛下電車！正在往車站的Seben-Eleben走！』

我們都不知道對方的長相。

得在搭話前詢問外貌特徵才行。

『我穿著米色長外套。妳呢？』

『啊，我也穿米色！我穿的是絨毛外套！』

『我們都穿米色耶（笑）』

『對呀（笑）』

緊張歸緊張，更多的是期待。

期待她會是什麼樣的人，跟玩手遊抽轉蛋的感覺很像。

尤其是沒看過照片的對象，自然會更加期待。

我猜想她應該快到了，從智慧型手機上抬起頭的瞬間——

「阿祥先生，讓你久等了～我是明……莉……」

將視線從智慧型手機螢幕移向正面，就能看見跟我聊了好幾天的明莉小姐……我以為會是這樣。本來應該是這樣。

從她剛才說的那句話看來，此時此刻站在我面前的女性，無疑就是明莉小姐。那麼為什麼……

「「為、為什麼……」」

連這是現實還是夢境，我都無法判斷。

「為什麼妳會……」「為什麼你會……」

她理應是我第一次見到的人。不過，站在我面前的這個人不僅不是第一次見面，甚至是跟我相處的時間僅次於母親的異性。

「為什麼妳會在這裡！」「為什麼你會在這裡！」

我在約好的會面點——三宮站中央口前的Seben-Eleben見到的人，正是我的前女友高宮光。

我——在交友軟體上與前任重逢了。

第二話　見面後才發現跟想像中不太一樣，這種事稀鬆平常。

「先整理一下狀況吧。」
「贊成……」
我們用假名註冊了交友軟體。
契合度百分之九十八，個人簡介用的照片是同一家店的蛋包飯，導致我們意氣相投，決定約出來見面。
訂好咖啡廳的位子，買了雙方都想看的電影票，準備萬全。
然後約會當天，氣象預報說會下雨。
緣司教過我，跟在交友軟體上認識的人約會時，可以隨便借個東西，製造再約對方出來的機會。為了用傘執行這個策略，我明知道會下雨，卻故意不帶傘。
當天跟氣象預報說的一樣，下雨了。
從我們約好見面的三宮站走到那家咖啡廳只要五分鐘。我打算在這段期間跟她借傘，然後用拿著傘她會不好走路的理由幫她撐傘，順勢把傘帶回家……

不過，我怎麼可能對這傢伙——前女友高宮光用這招。

「所以你就是阿祥先生嘍……」

「原來妳就是明莉小姐嗎……」

「竟然用假名，這是詐欺耶？」

「妳不也一樣？」

沒有留戀。

只是分手後一直忘不了她。

看這情況，我們會因為是前任的關係取消原本的行程，剛見面就解散吧。

這樣好嗎？

這樣不是跟分手後的那一年一樣嗎？

忘不了前女友的那一年。

此外，心裡一直有個疙瘩感覺也很差。

雖說如此，我又開不了口邀她約會。

「那我要走了。」

我走向剛走出來的驗票口，但在驗票口前面停下腳步。

光會不會還喜歡我呢……

我明白這是我想太多。

通常不可能有人分手一年還喜歡對方。

腦海瞬間閃過這個想法的我，到底有多麼愚蠢啊。好噁心。

「唉……」

我重新抬起靜止不動的雙腿走向驗票口。

「喂，你在幹嘛啊？」

來自身後的聲音叫住了我。

「問我幹嘛，回家啊。」

今天我要約會的對象，是在Connect上認識的明莉小姐。

實際出現在約定地點的，卻是前女友光。

正常來說，不可能真的就這樣去約會。

「你不是訂了咖啡廳的位子嗎？」

「是沒錯……」

「那麼不去會給店家造成困擾吧？」

「咦，可是……」

我並不想去。

不過我確實訂了位子，離我訂的時間只剩十五分鐘左右。

現在取消會給店家添麻煩。更重要的是，我很想再吃那家店的蛋包飯。所以——

「也對，會給人家造成困擾。走吧。」

我緩緩邁步而出，追向先行走出車站的光。

「快點。」

「……知道啦。」

我加快步調，連傘都沒撐便追上光的背影。我本來就沒帶傘，不知為何光跑步的時候也沒有撐傘。

「喂，撐一下傘啦。會淋溼喔。」

「沒關係，咖啡廳離這裡很近！用跑的比較快！而且我閃得掉雨水。」

「還以為只有小學男生會講這種話……」

抵達咖啡廳時，我們都淋成了落湯雞。

＊

「嗯～！這裡的蛋包飯真的太棒了！」

被植物包圍的咖啡廳如同一座森林，讓人不禁忘記自己正在大街上。被帶到沙發座的我們都點了蛋包飯。

正式名稱是昭和風蛋包飯。

以現在這個時代來說難得不是用醬汁，而是加入番茄醬的蛋包飯。

番茄醬推測也不是一般的番茄醬，不會太酸，吃起來很順口。

我就是喜歡這樸實無華的味道。

「真的好好吃……」

「雖然不想跟你有同樣的想法，唯獨這件事我不得不同意。」

妳吃什麼都會覺得好吃啦。

「對了，妳的廚藝進步了嗎？」

那是我們還在交往，高中時期的事。

光為我做過便當，但她的廚藝……

「哈！我還有進步空間嗎？這是我昨天煮的馬鈴薯燉肉。」

她將智慧型手機螢幕對著我，秀出恐怕是馬鈴薯燉肉的照片。然而，那並不是我所知道的馬鈴薯燉肉，而是截然不同的不明物體。

「看來還是一樣……」

「沒錯，我的廚藝還是一樣好。」

「虧妳有臉這麼說，妳煮的東西根本不能吃。」

「什麼！沒、沒禮貌！」

「那妳吃完了嗎？」

「……」

「看吧。」

「要你管！」

我們跟以前一樣鬥著嘴。當時覺得無聊透頂的吵架內容，隔了一年來看，反而令人懷念——

因為我以為，再也不會有這個機會了。

「呼～！吃完了！雖然吃不過癮，我現在在減肥，要忍耐要忍耐……」

她嘴上這麼說，眼睛卻貪心地看著甜點的菜單。喂，擦一下口水。

光並不胖，在女生當中反而算瘦的。

一年前開始就是這樣。光的口頭禪是減肥，只不過前提是「明天再開始減」。

「可是難得來這家店……」

「明天再開始減？」

「……幹嘛，你有意見嗎？」

「沒啊……妳都沒變。」

她鼓起臉頰，跟店員點甜點時嘴角卻不受控制地揚起。

「你不吃甜點嗎？不要等等才想吃，跑來搶我的喔。」

「才不會！」

「啊，但我現在想吃鬆餅……」

這傢伙的嘴巴真是閒不下來，無時無刻都在渴望食物。

「要去站前的鬆餅店嗎？」

「哎呀，你偶爾也挺機靈的嘛。」

「能得到女王陛下的稱讚，在下深感榮幸——最好是啦。」

我們取消甜點，決定前往車站。

踏出店門時雨已經停了，淋溼的頭髮和衣服也乾了。

儘管還沒有出太陽，總覺得變亮了一點。

「你在笑什麼……」

光珍惜地捧著裝鬆餅的袋子，瞟了一個人笑得很開心的我一眼。

「沒事啦……」

光抱在懷裡的紙袋裡，裝著五個鬆餅。

「拿去，你吃這個對不對？」

她從五個鬆餅中拿了一個楓糖鬆餅給我。

「我幫你買的，你都吃楓糖口味對吧……」

「……妳還記得啊。」

「嗯，對呀……」

光把楓糖鬆餅給我，再度用雙手抱緊裝著剩下四個鬆餅的紙袋。

她坐到公園的長椅上，喜孜孜地從紙袋裡拿出鬆餅大吃特吃。

……嗯？

「等一下。」

「怎麼了？」

我看到的時候，紙袋裡裝著五個鬆餅。然後其中一個給我。

也就是說，五減一是……

「妳要吃四個喔？」

「怎麼？你有意見？」

「也不是有意見，妳才剛吃過午餐吧……」

「有什麼辦法，我肚子會餓嘛。」

「妳是大胃王藝人嗎……」

「廢話少說，幫我拿著！」

「是是是……」

這麼說著，她將雨傘塞到我手中。我又不是妳的助手。

光轉眼間吃掉四個鬆餅，速度快到無法想像她剛吃完一份蛋包飯。好恐怖。

之後本來要一起看電影。不過，對方是前任自然另當別論。

「那我該走嘍……」

很久沒見了。但我們已經不是情侶，現在是前任。

沒道理繼續在一起。

光起身走向車站。就這樣讓她走掉的話，我們肯定不會再見面。

這樣不就行了？

我對光又沒有留戀。

就算有，為什麼我非得主動約她？

我們應該都知道原本的行程是等等要去看電影。

即使如此，雙方都沒有提到這件事。因為我們不是阿祥和明莉，而是對彼此再了解不過的前任。

我在驗票口前目送光離去。

「拜拜。」

這麼說著的她跟剛見面的時候不同，回頭看了我一眼。不過她看的並非我的眼睛，而是更下面一點的位置，我的手掌附近。

「嗯。」

假如我現在叫住她。

或許還有機會驅散悶在胸口的煩躁心情。但我始終沒有開口，只能呆站在驗票口前，直到光的身影消失在視線範圍內。

「唉……」

我幹嘛嘆氣啊。

這樣簡直就像我在為跟光重逢而感到喜悅，想要約光一起看電影，而不是明莉小姐，卻開不了口。

我根本沒有那個意思。

純粹是無論如何都想看那部電影，未必要跟光一起看。

為了證明自身的心情，我驅使剛跟光道別的雙腿走向電影院。當然，是一個人去。

片名是《花園般的戀愛》。

一男一女相遇、墜入愛河，然後最後分手。

是部平凡無奇的愛情片。

以虛構故事來說過於真實。不過就是這一點能引起觀眾的共鳴，這部電影也因此蔚為話題。

它在網路和社群媒體上已經具備知名度，甚至可以說現在去電影院的人都只會看這部片。

由於在YouTube和ＩＧ上，每個人都在討論這部片，我為了避免被暴雷，一直沒去看其他人的心得。

所以我不知道。

男女主角分手後又重逢了，簡直就像我和光一樣……

影廳裡坐滿情侶。

幸好沒跟不僅不是情侶，還是關係鬧得很僵的前女友來看。

畢竟是那種劇情，光想就覺得尷尬。

電影從男女主角認識的過程開始描述，經歷一次分別後再度重逢。

彷彿把我和光的戀情拍成了電影。

兩人重逢時都已經有新的對象，沒有舊情復燃。

可是，我們不同。

我自然不用說，光既然在玩交友軟體，應該是單身吧。

雖然她單身並不代表什麼就是了……

結果電影讓我看得很滿足，胸口卻還是悶悶的，懷著憂鬱的心情踏上歸途。

電影票多出一張。明明可以直接丟掉，我卻把它收進錢包。

我選擇走路回去，不知道自己是還沉浸在餘韻中，抑或想要反省。有部分也是因為開到離我家最近的公車站的班次太少啦。

我走在昏暗的夜路上，想起跟光一起走過這條路的回憶，打開和她的ＬＩＮＥ聊天視窗。

我們在Connect上聊了好幾天，ＬＩＮＥ則有一年左右沒有新的對話紀錄。從分手的那一天起。

「咦，小翔？」

我從智慧型手機上抬起頭。

我一直在想事情，沒發現自己已經走到公寓旁邊。

「喔，緣司。」

「剛回來嗎？現在才七點耶，你們解散得真早。」

「對啊。」

「對了，小翔。」

「嗯？」

「你什麼時候買了這麼可愛的傘？」

經他這麼一說，我才發現。

我的左手拿著光的雨傘。她在公園吃鬆餅的時候塞給我，然後就放在我這邊……拿在我手上只會顯得突兀的淡米色雨傘，傘柄是纖細的皮製傘柄。

緣司教過我，可以跟女生借東西，製造再約她出來的機會。

得知對方是光的時候，這種小伎倆就被我拋到腦後，沒想到我無意間拿了她的東西回來。

這是她一直在用的傘。

「啊，那就是你跟人家借的東西吧？你很厲害嘛～而且還不是塑膠傘，她應該很珍惜吧？」

……原來她很珍惜嗎？

這把傘對我來說有一些回憶。

我從笑咪咪的緣司旁邊經過，三步併作兩步，輕快地衝上公寓的樓梯，跟不久前沉重的步伐差了十萬八千里。

「喂，小翔！跟我聊聊你今天發生了什麼事嘛！」

我沒有搭電梯，用跑的上樓，時隔一年傳了ＬＩＮＥ給光。

『抱歉，傘忘了還妳。』

『哇，你好雷。』

以還傘為契機，我們約好再見面一次。

第三話　用交友軟體的人未必都是想找對象。

我踏進上課鈴響前有點吵鬧的教室。

現在是冬天，室外很冷。我將在室內穿會有點熱的黑色羽絨外套掛到椅背上。

老師等一下才會來，我不經意地開啟Connect。

在我還不知道她是光的時候，我跟明莉小姐相談甚歡。現在回去翻之前的對話紀錄，還真不好意思。因為明莉小姐其實是光。

『越聊越覺得明莉小姐是個很有魅力的人。』這是什麼鬼。為什麼我傳了這種訊息？記得是我們聊得正開心時幹的蠢事。

不過，面對我那近似告白的羞恥發言，光回答：『我也是。明明還沒見面，我卻對你好感興趣喔。』那傢伙應該更羞恥吧。

我竊笑著獨自回想這些事，發現鄰座的女生正注視著我。

我很奇怪對吧？會忍不住看過來吧？畢竟我正在盯著智慧型手機竊笑。

我關閉跟明莉小姐的聊天視窗，下意識點開首頁。

首頁會顯示交友軟體推薦的異性。據緣司所說，越受歡迎的女生越會出現在容易被注意到的首頁上方。

既然如此，最上面的這個女生想必非常受歡迎。

的確是個說她是藝人也不奇怪的美女。若要分類的話，跟鵝蛋臉的知名偶像——齋藤飛鳥是同類型，名字叫心露小姐。

神奇的是，看見心露小姐的照片時，我莫名有種既視感。

她長得像偶像，有既視感很正常。不過，我立刻確信並非如此。

我試著對她按「讚」。緣司也叫我要多多按「讚」。

剛才懷疑地看著我的女生的智慧型手機在這時響起。

本來只覺得時機很巧，可是一看到她的臉——

「咦……」

我忍不住驚呼。

坐在旁邊的，是我上一秒按「讚」，神似齋藤飛鳥的美女。

「妳該不會是心露小姐吧？」

突然搭話她一定會嚇到，而且我在Connect上的照片不是本人，而是蛋包飯。人怎麼可能長得跟蛋包飯一樣。

也就是說，對心露小姐而言，等於是有陌生男性突然開口搭訕。她長得那麼可愛，想必經常被人搭訕。

我因為碰巧發現在Connect上看到的人就坐在旁邊，激動得忍不住跟她搭話，但她八成會以為我在搭訕。總覺得不太服氣。

這句話講出來不到一秒，我就做出判斷，後悔莫及。再怎麼激動，也不該突然跟人家搭話。

心露小姐僵在原地一動也不動，或許是嚇到了。

「不好意思，突然跟妳說話。我在Connect上看到妳，發現旁邊坐著同一個人，有點激動。」

我帶著不習慣的客套笑容解釋：

「呃，真的只是這樣……對不起……」

我好像嚇到人家了，不該再糾纏不清，便轉回正面。

過沒多久，僵住的心露小姐顫抖著開始滑起智慧型手機。

她嚇到抖成這樣嗎？真是太不好意思了。智慧型手機在我如此心想的時候響起，這次是我的智慧型手機。

是Connect傳來的通知。

看見訊息上寫著：『您已和心露小姐配對成功。』我驚訝得望向心露小姐。

她和我四目相交，馬上別過頭。黑色長髮傾洩而下，約一公尺遠的地方傳來頗有少女氣息的香甜氣味。

她將智慧型手機對著我，用視線向我提問。

螢幕上是蛋包飯的照片。我推測她想問：「這個人是你嗎？」

我用異於尋常的靈活動作高速點了五次頭加以肯定。

『你好，阿祥先生。好巧喔（笑）』

出乎意料的是，這則訊息並沒有害怕或排斥的感覺。

不知道為什麼她坐在隔壁還要傳文字訊息，既然心露小姐這麼做，我決定也學她用Connect回覆。

『對不起，突然跟妳說話。我沒想到會在Connect上看到同一所大學，而且還坐在隔壁的人，才會反射性地叫妳（笑）嚇到妳了吧。』

『不會！我反而很高興你跟我說話。請多多找我聊天。』

「請多多找我聊天」這句話怪怪的，我不禁失笑。

心露小姐跟我想像中的個性不太一樣。

她似乎不會討厭我，可是我很好奇她為什麼不用講的，要特地透過Connect傳訊。

「那個，妳為什麼要特地用傳訊的方式呢？」

我直接這麼詢問，心露小姐的肩膀一顫，臉上的微笑瞬間收起。

「對、對不幾……」

「啊，不是，我沒有責備妳的意思。」

我儘量用輕快的語氣開口，揚起嘴角表示自己沒有惡意。

「對、對不幾……」

但她還是在道歉。

她一直把「起」講成「幾」，好讓人在意。

為什麼用打字的可以正常說話，用講的就馬上變成對不幾製造器？

老師在我思考的期間走進教室，開始上課。

上課時，我滿腦子都是心露小姐，根本無心聽課。我煩惱到甚至懷疑自己是不是戀愛了。

到了下課時，我終於得到答案。

其他學生接連走出教室，我詢問直到最後都沒有離開座位的心露小姐。

「心露小姐該不會很怕生吧？」

這麼漂亮的女生，不可能交不到男朋友。

她在交友軟體上也很受歡迎，想必有一堆人主動接近她。

搞不懂她為何這麼受歡迎，卻在使用交友軟體。

我絞盡腦汁思考，上課內容半句話都沒聽進去，最後得出的結論是，她會不會只是不敢跟初次見面的人說話？

若是在學校或打工場所認識的人，她的怕生屬性應該會發動，無法順利跟人交流。

不過在交友軟體上，就算她對怕生的自己感到自卑，見面前也不會被人發現。

說不定就是因為這樣，她才想靠交友軟體認識別人。

「素、素滴……我很怕生……」

「素滴」是什麼啦，真可愛。

教室裡只剩下我和心露小姐兩個人，安靜得連細微的聲音都聽得見。

肚子叫的巨響於此刻響起。

率先對一長串的「咕嚕嚕嚕」聲做出反應的，是在我面前抱著肚子的心露小姐。

她面紅耳赤，一眼即可看出是誰的肚子叫了。

「那個，妳要不要先吃個午餐……？」

「嗚嗚……好的……」

心露小姐滿臉通紅，把手伸進包包摸索，卻找不到想找的東西，面露疑惑。

雖說我們在課堂上巧遇，繼續跟她待在一起或許會給人家造成困擾，而且我的肚子也餓了。

我打算跟她道別，前往食堂。可是，我又不忍心丟下像是在尋求我協助一般看著我的心露小姐不管……

「妳平常都會自己帶便當，今天卻忘記了？」

她一句話都沒說，不如說一句話都說不出口地點點頭。

「不去食堂吃嗎？」

「我、我只有電子支付……」

讓人開不了口叫她忍耐的咕嚕聲，如今仍從她的肚子傳來。繼續置之不理，我八成會有罪惡感。

「不介意的話，我可以請妳，要不要去食堂吃？如果妳下午還有課，總不能餓著肚子吧？」

「這種麼行……！我會不好意思……」

「妳肚子叫得那麼大聲，我不能放著妳不管。」

「啊哇哇哇哇……！好害啾喔……」

說得也是，女生會對這種事不好意思。被人聽見我肚子叫也無所謂，所以我沒顧慮到這一點。

心露小姐縮成一團，用智慧型手機傳送訊息給我。

『謝謝你。不過我不好意思讓你請客，明天我一定會還……』

送出訊息後，她對我深深一鞠躬，我微微一笑，也透過Connect回應她。

『好的。那我們走吧。』

我和走在我後方一公尺處的心露小姐一同前往食堂。

智慧型手機在途中響起，是緣司傳ＬＩＮＥ約我一起吃午餐。我回他：『抱歉，今天不方便。』抵達人滿為患，大家都在搶位子的食堂。

「心露小姐，我去點餐，請妳幫忙占位子。」

「好滴……！我、我費加油！」

心露小姐雙手握拳。

沒人會為了占位子這麼有幹勁，她應該能占到位子吧。

我相信心露小姐，在點餐機前面排隊買餐券。

我點了咖哩豬排飯，心露小姐則說：「我跟阿祥先生吃同、同樣的啾好……！」所以我也幫她點了咖哩豬排飯。

我不知道她占了哪邊的位子，環視周遭。

食堂裡都是人，卻有一塊沒人坐的區域。然而仔細一看，有一位女學生坐在中央。

「為什麼那附近都沒人坐……？」

我找不到心露小姐，決定先走向那塊無人區域。

隨著距離拉近，我逐漸看得清那名女學生的身影，終於發現那個人是心露小姐。

「心露小姐，原來妳坐在這裡。這裡好空喔。啊，這是妳的咖哩豬排飯。」

「阿、阿祥先生……！謝、謝謝尼……！」

心露小姐興奮地看著咖哩豬排飯，彷彿找到了寶物。有那麼值得高興嗎？它就只是食堂特產——超美味咖哩豬排飯。這所大學的學生應該都知道，我不認為她沒吃過。我更好奇的是為何心露小姐旁邊都沒人坐。

『我來之前發生了什麼事嗎？』

我怕周圍有人，她不方便開口，再顧慮到她極度怕生，便用Connect傳訊詢問。

『以前就這樣。大概是怕生又不愛笑的我嚇到大家了，所以我才不太來食堂。』

我無法接受這個理由。

可以理解她看到咖哩豬排飯為何那麼興奮了。我也知道心露小姐會怕生。

不過，她並不可怕。眼神不凶惡，也不是打扮得像不良少女的人。

她的外表只能以清純形容，有著一頭柔順美麗的黑色長髮。服裝是清純可愛的白襯衫搭黑色裙子，貼身的版型很能襯托出她的好身材，怎麼看都不會嚇到人。

「絕對不會啦。妳可以對自己更有自信一點。」

「嗚噫……」

心露小姐用奇怪的聲音回應我像在安慰她的發言。

「妳該不會想克服怕生，才開始用Connect吧？」

「是、是的……我一直……很想改掉怕生的個性，可是……好難喔……阿、阿祥先生呢……？」

被她這麼一問，我率先想到光。

不過此時突然承認自己是為了忘記前女友，會被當成放不下前一段戀情，不乾不脆的男人。

我不想被當成那種人。

「朋友推薦我用的……」

這絕非謊言。因為要不是緣司推薦我，我根本不會註冊。

「這、這樣呀。有認識聊得來的人嗎？」

「遇到了前女友。」

我以此作為聊天的話題。

我和對方異常意氣相投，在不知道長相的情況下約出來見面，結果是前女友。

所以我並沒有對她念念不忘。我這樣告訴心露小姐。

「怎麼這麼巧……」

「對吧？我也嚇了一跳。」

「你對她沒有留戀嗎？」

這個問題使我掛在臉上的客套笑容瞬間僵住了。

都分手一年了，與光共度的日子依然歷歷在目。

我絕對不是還喜歡她，不過要不是因為她，我也不會跑去用Connect……

「沒有啊。」

短暫的停頓使得這句話毫無說服力，心露小姐卻沒有繼續追究。

或許是在為我著想。

為了快點忘記光，乾脆在Connect上找個新對象算了。例如眼前這位心露小姐……

之後我們又聊了幾句，當天就此解散。

心露小姐的本名好像叫初音心。

跟她的氣質很搭，是個好名字。

我也將自己的本名告訴她，不過之後聊天的時候，我們仍舊用Connect上的暱稱「阿祥」和「心露」稱呼對方。

跟心露小姐道別後，我前往咖啡廳打工。

因為下午沒課。

抵達咖啡廳時，跟我同時間上班的緣司正在換制服。

「啊，小翔，午安～你午餐跟誰一起吃啊？虧我看我們今天打工的班表一樣，特地約你吃飯！」

「抱歉，發生了一件非常巧的事。」

「什麼事？說來聽聽。」

最近發生兩次奇蹟般的邂逅，連不太會聊到日常生活的我都忍不住想跟人分享。

「我在Connect上配對到的女生剛好坐在隔壁的位子……就直接一起吃午餐了。」

「好扯！太巧了吧！」

「對吧？我真的超級驚訝。」

「她叫什麼名字？同校的話我會不會也認識？」

心露小姐極度怕生，不太會跟人扯上關係。雖然這樣講很失禮，她的朋友大概也很少，或是一個都沒有。

別說她的名字，我連有這個人都不知道，可是人脈廣又非常善於社交的緣司，說不定認識她。

「是一個叫做初音心的女生，好像跟我同系。」

「咦咦咦咦——————！」

緣司的吶喊響徹狹窄的更衣室。要是傳到店內，客人八成會嚇到。

「吵死了，幹嘛大叫，你認識她嗎？」

「小翔，你該不會不知道有這號人物吧？」

「不知道。」

「你應該對別人更有興趣一點……」

「幹嘛？她很有名嗎？」

「豈止有名！我們學校沒人不認識她，是本校的女神！」

呃，我就不認識啊。

「初音同學太過神聖，半徑三公尺內都沒有人敢靠近喔！」

這是什麼漫畫般的設定？難怪我們在食堂吃飯的時候，沒有任何人坐在她附近。

不過，假如那就是真相，誤以為大家在害怕她的心露小姐未免太可憐了。

「你不是她的朋友嗎？以你的個性，我還以為大部分的人都是朋友。」

「別這樣，講得我像個沒節操的人。」

「我沒說錯吧？」

「好過分……其實我曾經找她說過一次話。」

「看吧，你就是個沒節操的搭訕師。」
「小翔！」
「抱歉，你繼續說吧。」
緣司鼓著臉頰跺地。那個動作很像女主角，拜託你別這麼做。
「嗯～真拿你沒辦法耶～別人在想些什麼，我大致都能明白，卻搞不懂初音同學這個人。」
「你是心電感應者嗎？」
「認識你之後就再也沒遇過那種人了……」
「原來我也包含在內喔……」
的確，緣司講話有時會直指核心，彷彿對方在想什麼他都看得一清二楚。
「講什麼都會被初音同學無視，她又一直在發抖，我不知道要怎麼攻略她……」
把經營人際關係當成玩遊戲的緣司，似乎也拿怕生的心露小姐沒輒。
「這樣啊。她好像只是很怕生。」
「咦，原來是這樣啊！」
我邊說邊更衣，比先行到來的緣司更快換好衣服，專注在聊天上的緣司則還是半裸狀態。

「對了，為什麼你願意告訴我你配對到初音同學，卻不肯跟我聊之前約到的蛋包飯女生？」

經他這麼一問，我覺得可以說了，放棄掙扎。

閉口不提反而更容易被人覺得我忘不了光，而且緣司那麼敏銳，不論怎麼隱瞞，他大概都會自己推測出真相。

「其實那個人是我前女友。」

「咦咦咦咦咦咦咦咦咦咦咦咦咦咦咦咦！」

「你真的好吵。」

緣司叫得比剛剛更大聲。

「你們兩個安靜點！聲音都傳到外面了！」

「「是……」」

店長立刻衝進更衣室叮嚀我們。

我有點不爽為何連我都要被罵。

「不過你好厲害喔。見了兩個人，一個是同校，而且還是坐在旁邊的女神。另一個

則是前女友，這是奇蹟吧！你不是還忘不了她嗎？約好下次什麼時候見面了？」

「才、才沒有忘不了！沒有啦！」

「就叫你們安靜了——！」

「「對不起……」」

這次是我太大聲，我乖乖反省。

「既然如此，離上班時間還有幾分鐘，透露一下你們的約會過程嘛。」

「是可以啦……」

我將當天發生的事全盤托出，緣司便頻頻點頭，一副了然於心的態度。

聽我說完後，緣司只留下一句：「別拉不下臉，事後才後悔喔。」就走出更衣室。

真的有種彷彿被看穿一切的感覺。

第四話　重逢了不代表能夠順利發展下去。

我一個大男人在沒下雨的日子拿著米色女用傘，站在三宮站的月臺。

現在時間是下午五點五十分。

距離約好的時間還有十分鐘。

以光的個性，她一定會遲到，但這段等待的時間真的讓人靜不下來。

不是因為我對光還有留戀，見個面就會緊張。

現在是冬天，天氣很冷，所以我才靜不下來。冷的時候都會摩擦手掌，或者哈氣溫暖鼻子嘛。

雖然我的身體一直在動，心靈倒是挺平靜的。真的。

因此，即使看到光從眼前的驗票口走出來，我也沒有一絲動搖。

「久等了，你來得真早呢。」

「是妳太慢了吧？」

「沒禮貌，看一下時鐘好嗎？還有十分鐘耶。」
「那個時鐘壞了吧？妳怎麼可能守時。」
「你說什麼！你才是有好幾次在約會當天睡過頭！」
「兩次而已！妳準時的次數更少吧！每次都會遲到五到十分鐘！」
「那、那是……」
路人的視線刺在我們身上。
站在不遠處的一群大學生愉悅地看著這邊，臉上寫著：「怎麼了？夫妻吵架嗎～」
「喂、喂，換個地方說，在這裡好丟臉。」
「等等……！」
我拉著光的手走出車站。
冬天天黑得很快。外面已經暗到連夕陽都看不見，車燈和店家的招牌等螢光燈照亮街道。
大卡車在用廣播宣傳高薪的打工。電車的聲音和許多行人的交談聲傳入耳中。
「幹嘛一直拉著我啦。」
「啊，抱歉。」

我放開光的手向她道歉。

這種時候我就有辦法馬上道歉……

「快把該做的事做完吧。」

光這麼說著，伸出剛被我放開的手。

我搞不懂她的用意，決定先握住她的手再說。

「你、你在幹嘛啦！你明明很聰明，為什麼在這種地方那麼蠢！」

「……？」

「傘啦！」

「喔……傘啊。」

「搞不懂你的大腦是什麼構造……」

「妳突然把手伸出來，誰知道妳是什麼意思！」

「為什麼！今天就是為了拿傘才會約出來，還有其他事嗎！」

我滿腦子想著要見她，忘了今天的目的。

不過，老實告訴她的話，她可能會說：「怎麼？如果你只把我當成前女友，腦袋不會笨成這樣吧？你該不會還喜歡我吧？」所以我死都不會說。

「我在發呆啦，給妳。」

我將手中的傘遞給她，光的表情好像變得柔和了一些。

她那麼珍惜這把傘啊……

「傘柄有點溫溫的。是你的體溫，好噁心。」

「妳會不會太過分了？」

「我不太高興。而且今天我又沒事要來三宮，卻特地搭電車過來。」

她突然開始抱怨。

有什麼辦法。

「再說，如果你當時沒有不小心把我的傘帶回家，我也不用跑這一趟。」

「對不起啦。不過事情都過去了吧？」

「沒錯，都過去了。所以我才會來這裡。」

光沒有走向車站，而是往反方向的市街走去。

「所以你要陪我吃晚餐。」

「咦……」

就這樣跟去的話，光會不會覺得我還忘不了她？

不對，本來就是她叫我陪她的。

可是這種情況下，假如我真的毫無留戀地回答：「為什麼？好麻煩。」這樣拒絕她才是正確答案吧？

「喂。」

光停下腳步，回頭望向我，露出跟緣司調侃我時一樣的表情。

「你該不會還把我當成異性看待吧？我就只是前女友吧？你是因為還放不下，所以沒辦法乾脆地跟過來嗎？」

「啥？妳在胡說什麼。我完全沒～把妳當成女人。」

「那就陪我吃飯吧。其實我也不想跟你一起吃飯，但我現在就是想吃韓國料理。一個人吃很尷尬，你又剛好在我面前，至少該為今天逼我出門一事贖罪。」

「贖罪是什麼鬼。」

「不是嗎？要不是因為必須跟你拿傘，我今天可以在家耍廢一整天耶。」

「妳這個不適應社會的人。」

「要你管。」

最後，我們兩人一同走向市街。

冬天的天色雖然暗得快，到處都看得見燈飾。

連天橋上都掛著一堆，用藍白兩色的光芒迷住行人。

講到燈飾，情侶一起看才是王道。

實際上，走在我面前的情侶就兩眼發光。明明只是一座天橋。

「阿將，你看！好漂亮喔！」

「女生真是喜歡這種東西。」

「咦——你好冷淡～你看了不會覺得感動嗎？」

「嗯——是挺漂亮的。」

阿將，我懂。

女人這種生物為何這麼愛浪漫呢？

燈飾就只是普通的燈泡湊在一起。走近一看會看到一堆小燈泡，很不舒服。

麥湯勞和優衣戶比鄰而居的中心街入口，有個用木吉他自彈自唱的男生，我們從他面前經過，進入中心街。

我偶爾會在這邊看到這個男生。

超過一年以前，我跟光還在交往時曾經停下來聽過他演奏。

「有什麼想聽的歌嗎？」

「我想聽〈向日葵的約定〉！」

當時聽眾只有我們。現在他身邊則圍繞許多人，被指名的聽眾也挺高興的樣子。

「他怎麼變得好受歡迎。」

「……對啊。」

不是「他變得好受歡迎」，而是「他怎麼變得好受歡迎」，簡直就像在暗示「只屬於我們的祕密被好多人知道了」。

她明明沒有想那麼多。

我們在中心街的途中轉彎，彎進名為生田街，開了一堆餐廳的街道。

晚上走在這條路上，肯定會被人搭訕。

「兩位在找居酒屋嗎？」

穿著貼身窄管牛仔褲的粗獷小哥黏在我們旁邊推銷居酒屋。

沒錯，這條路一堆拉客的。

「我已故的祖父教過我不可以跟著拉客的人和突然用胸部擠你的女人走。」

若不這樣明確拒絕，他們會面不改色地跟著你走五十公尺左右，相當難纏。

「這樣喔……但我不是怪人啦！」
噢，這隻敵人等級挺高的。視線下方彷彿出現一行字寫著：「逃走失敗！」
「對不起，我們吃過飯了，而且我們未成年。」
「啊，這樣啊！不好意思打擾了！」
光迅速伸出援手。
沒錯，就算說自己已經吃過飯，這些人也會說可以去喝杯酒，死纏著你不放。光祭出未成年一詞補上一刀，讓他明白繼續纏著我們沒有意義。這傢伙厲害喔。
拉客的小哥移動快把褲子撐破的雙腿，走向下一個目標。
為什麼那種穿著緊身牛仔褲的拉客男腿都那麼好看？
「你爺爺去世了嗎……」
「沒有啊，他活得很好。」
「傻眼……就算是騙人，也不能拿別人的生命開玩笑吧……」
「我媽說他每天早上都用超大音量做收音機體操。」
還住在老家的時候，光來我家玩過好幾次，跟我家人的感情很好。
我告訴他們我和光分手時，媽媽說不定最難過。她就是這麼喜歡光。

「真不敢相信那麼溫暖的家庭會生出你這種冷血人類。你該不會是撿來的棄嬰吧？像桃太郎一樣。」

「我才要叫妳就算是開玩笑，也不能亂講這種話。而且如果是桃太郎，撿到我的人會是老婆婆吧？現在這個時代，還有哪個老婆婆會在河邊洗衣服。」

「這樣你的名字就會變成翔太郎了呢。恭喜你，棄嬰說沒能得證。」

「我無疑是由溫柔的雙親生下的，我自己也有繼承到這個優點。」

「啥？你超不貼心的好嗎？是不是忘在媽媽肚子裡了？回去重新投胎一遍吧。」

「妳在拐個彎叫我去死吧？」

「怎樣？要我直接說也行呀？」

我們一開口就是互罵，即使如此，還是走在對方旁邊。

目的地是光想吃的韓國料理店。一直以來，就算有想品嘗的餐廳，我們也不會直接過去。

與其說我們，不如說是光。

「哇，剛才經過的烤肉店香味在誘惑我……」

經過烤肉店前面的時候，確實聞到了用炭火烤肉的香氣，可是妳想吃的不是韓國料理嗎？

「哇，這種地方竟然開了家壽司店……」

「怎麼？妳想吃壽司了嗎？還是烤肉？」

她兩眼發光，勉強將視線移向韓國料理店。然而……

「喂，做個決定吧。」

不肯從壽司店門前離開的光，令我感到無奈。

身體站在壽司店前面，視線和鼻子向著烤肉店，腳尖朝著韓國料理店。這傢伙真忙。沒辦法，跟以前一樣誘導她吧。

「看清楚，這家壽司店不是迴轉壽司，肯定不便宜。」

「唔……說得也是。」

「而且妳仔細想想看，韓國料理店跟烤肉店差不了多少。那裡也有賣肉，還有妳愛吃的炸起司球。」

「唔……說得也是。」

「既然如此，選妳一開始想去的韓國料理店就行了吧？」

而且，我們準備去的韓國料理店是之前也跟光一起去過的餐廳，有什麼菜色我大致上都知道。

記得那家店……

「那裡也有肉壽司吧？還有我喜歡的香辣鱈魚雜。」

「……」

她的眼睛閃閃發光，口水都快流出來了，卻突然憤怒地瞪向我。

感謝也就罷了，我不記得自己說過什麼招人怨恨的話啊……？

「幹嘛？」

「我一開始就說過想吃韓國料理。」

「……嗯？我知道啊。」

「所以，我可沒有被你騙到！我是自己決定要吃韓國料理的！」

「虧妳有臉講這種話，妳上一秒還在看烤肉店跟壽司店。」

「閉嘴！快走！你這隻烏龜給我跟好了！」

「唉……真火大。」

……這位前女友真的很惹人厭。

我們走樓梯來到地下空間，進入霓虹燈閃爍，很適合開派對的店內。

「歡迎光臨——！」

韓國偶像風的可愛姊姊活力十足地招呼我們。

跟剛才的拉客男一樣瘦得嚇人。

「幫兩位帶位——！」

這裡的座位都是包廂，不過從聲音判斷，現在有很多客人。

還聽得見部分店家會禁止的勸酒吆喝聲。老實說，對於不喜歡這種氣氛的我而言相當不自在。

「我也好想變得跟剛才那位店員一樣瘦，吃什麼才能瘦成那樣啊？」

妳的話什麼都別吃就對了。

現在就夠瘦了，只要改掉那個暴食的習慣，一定能瘦得跟灰姑娘一樣。

「你不喜歡這種氣氛對吧？」

「喔，妳竟然還記得。」

「以前來的時候更安靜，不曉得對面是不是在開宴會。」

「沒關係啦，要幹嘛是那個人的自由吧？既然進入同一家店，我也沒資格抱怨。」

光一邊說：「哦～」一邊確認手錶。然後她指著門口的階梯說：

「換吃別的也行喔？例如烤肉或壽司。」

「怎麼？妳在為我著想嗎？」

鎮定的神情瞬間扭曲。

「啥、啥！我才沒有為你著想！」

「是是是。不過真的吃這裡就好。我最近交到一個比派對咖更吵，還一直纏著我，跟狗一樣的朋友。託那傢伙的福習慣了。」

「是、是喔！那個人可愛嗎？」

「妳在說什麼啊？那傢伙一點都不可愛，噁心死了。」

「把人家講成這樣，未免太可憐了吧？」

「啊，可是大部分的人大概都會覺得可愛吧。那傢伙感覺就很容易被年紀比他大的人疼愛。」

不過以緣司的個性，肯定任何年齡的人都會喜歡他就是了……

「……這樣呀。」

「幹嘛問這個？妳對我的朋友有興趣嗎？以前妳都沒問過吧？」

「以前用不著問，我也能掌握你的交友關係。雖然我現在也稱不上有興趣啦。」
「為什麼？難道妳會偷看我的智慧型手機！」
「才沒有！我們念同一所高中，你沒事又不會踏出家門！而且我們總是在一起，自然而然就會知道。」
「喔，確實。」
仔細一想，我們在高中時相遇，打從剛認識就意氣相投，感情好到說是死黨都不為過，無時無刻都黏在一起。
所以其他人開始問我們什麼時候要交往，我們才總算把對方當成異性看待。
在那之前明明只是想一起玩，一旦意識到這份心意，就再也克制不住，無法維持朋友該有的距離感跟她相處。
「我也一樣，跟妳有關的事……我全都知道。」
「這句話很噁心，可以不要這樣嗎？」
「別罵我噁心，小心我哭出來喔？我一哭湯婆婆就會來喔？」
「知道了、知道了，嗚嗚嗚。」
如今她在想什麼、跟誰在一起、迷上什麼樣的美食、食量有多大，我都不知道。

我深深體會到，以前再清楚不過的事情，分開一年後竟會有這麼大的改變。

——叩叩。

包廂的敲門聲響起。

不久前還在開宴會勸酒的派對咖們好像離開了，店裡的氣氛變得舒適許多。

「打擾了——！先幫兩位點飲料——！」

在我放鬆時，一位看起來吊兒郎當的小哥情緒高昂地過來點餐。

「啊，對了，你會喝酒嗎？」

分手時我們還沒成年，不知道對方喝不喝酒。

年滿二十後，基本上不會喝酒的人還比較少，但覺得自己不適合喝酒的人，就再也不會碰酒。反過來說，也有迷上喝酒的人。

我身為室內派又個性陰沉，卻挺喜歡酒的。

提到酒就會讓我想到派對咖，我一直以為自己肯定不會喜歡。

被緣司抓去喝過一次後，哎呀，真不可思議，挺好喝的嘛。

不過……

「想喝是想喝，但我明天第一堂有課，還是算了。」

「你平常就會喝酒呀？真想不到。那麼店員先生，請給我一杯柳橙汁。」
「我要烏龍茶。」
「好的！餐點請用那邊的平板點餐！打擾了——！」
嗯——比起派對咖，這位店員的氣質更接近體育系吧。
「話說妳可以不用配合我點無酒精飲料。」
「嗄？我又不是在配合你。我也是明天第一堂就有課，不要誤會好嗎？」
噢，這是在眾多戀愛喜劇中會登場的傲嬌系女角對吧。
奇怪，在漫畫裡面明明挺可愛的，實際遇到這類型的人，怎麼這麼惹人厭？
「是是是。」
「不要講三次！氣死我了！」
儘管光鼓起臉頰，看到平板的食物菜單，心情立刻變好。
她在想什麼全寫在臉上，這一點完全沒變呢。
「話說……」
「……嗯？」
「改天有機會的話，到時再喝不就行了？」

光低頭看著平板這麼說。她噘起嘴巴，一副難為情的樣子。

「嗯，對啊。」

「是啊，不一定要今天，改天也可以……」

我還以為再也不會見到她。

我們卻奇蹟似的重逢，碰巧把她的傘帶回家，又有了見面的機會。

不對，說什麼「又有了見面的機會」，講得好像我想見她一樣。

就算見到面，我們也已經沒辦法回到從前的關係。

「——欸，光。」

「……幹嘛？」

平板剛好擋住她的臉，看不見她現在是什麼表情。

但我不得不說。

「我也要看菜單。」

「啊。」

我們點的餐點統統送上桌了。

炸起司球、香辣鱈魚雜、生牛肉壽司、起司春川辣炒雞、涼拌小菜組合、冷麵，以及海苔飯捲。

嗯——看到這些餐點擺滿桌子，我還是覺得……

「我說……」

「幹嘛？」

「這些真的吃得完嗎？」

「簡單啦。」

順帶一提，我點的是裝在小盤子裡的小份香辣鱈魚雜，以及一人份的海苔飯捲。其他全是光點的。

我點的量以一般男性來說非常少，但這並不是因為我食量小的關係。

而是我猜到光八成會點吃不完的量，逼我幫忙善後。

「姑且問一下，妳有吃午餐嗎？」

「有呀。甚至連甜點都吃了。」

「我想也是。」

光是不是沒有每個人都有的飽食中樞啊？

所以她才會跟白痴一樣，拚命把食物往嘴裡塞。不如說她就是白痴。

接著光停下上一秒還在狂吃的手說：

「唔，好想吐……」

「唉……」

「沒辦法，剩下的……給你。」

她心不甘情不願地把食物讓給我，不過都吃到反胃了，還捨不得放棄食物的食慾令人驚訝。

我的胃還有很多空間。

「那我就……」

因此，眼前的炸起司球看起來十分美味……

「我還是要吃！」

食物差點被我搶走的前一刻，光臉色大變，硬是把起司球塞進口中。

妳對食物到底有多執著啊？

「不用這麼著急，食物又不會跑掉……」

清空桌上的所有食物後，光依然盯著平板。再繼續吃下去可能會出人命，還是沒收平板吧。

「好，停了。妳會飽到動不了喔。」

「啊……嗯～！不要～！」

妳是小孩子嗎？

跟光一起吃飯，除了要擔心被迫吃下多得嚇人的剩菜外，還有一件事要擔心。

那就是帳單上的金額。

我跟要拉響拉砲時一樣，戰戰兢兢地拿起帳單。

「唉……」

「幹嘛？你沒吃什麼東西，我會付錢啦。」

「不不不，讓女方買單太丟臉了……」

「你在這種地方自尊心很高呢。」

「妳也挺傲慢的吧？」

「什麼？奧曼？那是哪個動漫角色的名字嗎？」

「算了，不說了。」

最後在我的堅持下，我們各出一半。

光原本不肯聽話，死都要付全額，不過在看到帳單之後，臉色變得蒼白，最後還是接納了我的提議。

下次請妳仔細想過再點餐。

「啊——真好吃！」

「妳仍舊是個大食白痴耶。」

「別罵我白痴，聽了就不爽。」

走出店門後的目的地早已決定。

如果我們還在一起，之後肯定會安排什麼行程。

去唱KTV也可以，坐在公園聊天也可以，互相試探後走進亮著霓虹燈的建築物……也可以。

可是，我們是前任這種尷尬的關係。感覺最接近對對方瞭若指掌的朋友。

「回家吧。」

「嗯。」

直接去車站吧。回到自己各自的家。

「對了。」

「……嗯？」
光朝手心哈氣抵禦寒意，就像在聊明天的天氣般開啟話題。
「你已經透過交友軟體跟別人見面了嗎？」
「怎麼突然問這個？」
「沒事，問一下而已。」
浮現腦海的人，是學校的女神兼重度社交恐懼症患者心露小姐。除了她以外，我還沒跟其他人見過面，連配對都沒有。
「我碰巧見到了同校的女生。」
「這樣啊。她怎麼樣？」
「沒怎麼樣，是個普通的女生。她在學校好像被當成偶像看待。」
「『好像』？你真的對他人不感興趣耶……被當成偶像的意思是她很可愛嘍？」
「嗯，對啊。」
抵達車站前的數分鐘，一直不講話也很尷尬，所以我可以理解她想聊些什麼。不過為什麼要聊我的異性交友關係？
不對，我們也是透過交友軟體才會重逢，自然會聊到這個。

短暫的沉默降臨，我沒有多想，開了個話題填補這段空檔。

「那妳呢？」

「沒怎麼樣呀。」

「喂，怎麼可以只有我一個人說，太奸詐了。」

「有個人跟我關係不錯。我好像不適合同時和許多人聊天。對方人挺好的，所以我打算停用交友軟體了。」

「哦……見過面了嗎？」

「還沒。」

「他長得帥嗎？」

「看照片的話滿帥的吧。」

「……」

「……」

重逢後約會過一次，為了還傘又約出來見面，老實說我也有在考慮是不是該坦率面對自己的心意。雖然我無論如何都不會告訴光。

儘管她也有惹人厭的部分，我會真心想要一起相處的，果然還是光吧。

今天也是，我們一直在鬥嘴，卻連這種事都有點開心。

「車站到了。」

「喔，嗯。」

可是，即使這麼想也已經太遲了。

跟我有了新的邂逅一樣，光也認識了新的對象。

跟始終忘不了前任的我不同，光已經沒有任何留戀。

我最好也趕快找個新對象——對了，像心露小姐那樣的人，拋棄這種沒用的留戀比較好。

我不打算說我現在還喜歡她。純粹是想到她跟其他人在一起，就覺得心裡悶悶的。

「拜啦。」

「嗯，再見。謝謝你幫我出一半。」

「嗯。」

先上電車的光沒有揮手，只是站在那裡向我道別。

因為我們不再是會揮手道別，或者出於擔心送對方回家的關係。

熟悉彼此的優秀理解者，這樣想不就好了？

能這樣想的人應該很難能可貴。
所以，就讓它結束吧。

第五話　第一次約會最好穿安全點的服裝。

大學食堂——

我端著蛋包飯找位子，在人擠人的食堂中找到唯一一個特別空的地方。

不出所料，心露小姐坐在中間，她看到我先是移開目光，然後又看了我一次，將手掌朝向我。

推測是不好意思舉手對我揮手。

「午安，心露小姐。」

「午、午安，阿祥先生。」

我簡單跟她打了聲招呼，坐到她旁邊。

其他人羨慕又憤怒的視線射過來，刺在我心上。

「你今天吃蛋包飯呀。」

看到我的蛋包飯，心露小姐開口說。她跟昨天一樣吃咖哩豬排飯。

「你喜翻吃蛋包飯嗎？」

心露小姐，妳講話真的很容易吃螺絲呢。

「嗯，滿喜歡的。妳愛吃咖哩豬排飯對吧？」

「昨天吃的很好吃……你喜歡蛋包飯到會用它當頭像呢。」

「不過其實也沒喜歡到那個地步。」

「那為什麼要用蛋包飯當個人簡介的頭像……？」

經她這麼一問，我也不知道。

為何我要特地找一年前拍的蛋包飯照片，用它當頭像？

對光的留戀。

這個想法閃過腦海的時候，我不禁厭惡起自己優柔寡斷的個性。

我們都已經各自展開一段新關係，就忘記她繼續前進吧。

「這是我的愛店賣的蛋包飯，所以……」

「這樣呀。」

心露小姐一臉欲言又止的樣子，卻沒有繼續追問。

或許是將想說的話連同炸豬排一起咬碎了。

「對了，妳在Connect上找到好對象了嗎？」

我試著詢問，轉換心情和話題。

有部分也是單純感到好奇。

「沒、沒有……阿祥先生跟昨天提到的前任有進展嗎？」

她提出令我苦惱的問題，彷彿知道我在想什麼。

「之前再次見到她的時候，我不小心把她的傘帶回家了，所以我們之後為了還傘又約出來。」

「原、原來如此……」

對話到此中斷，我們默默吃完午餐。

先開動的心露小姐正好在我吃完時解決掉她的咖哩豬排飯，她一口氣喝光杯子裡的水，放在大腿上的雙拳顫抖不已。然後她開始說：

「其、其實我有件事想麻煩阿祥先生。」

「什麼事？如果我幫得上忙，妳可以說說看。」

「我非常怕生，特別害怕跟男生說話。」

所以她才開始用Connect，這我昨天就聽過了。

「不過，跟你聊天的時候很開心，就像現在，我講話也不太會一直吃螺絲。你粉親切……啊……」

剛說完就吃螺絲了。總覺得好可愛。

「所、所以！」

「請、請說。」

心露小姐就像在掩飾自己咬到舌頭一樣，用以她的標準而言算大聲的音量開口，實際上跟我平常講話的音量差不多。

「你你你、你方便的話，可以像現在這樣陪我一起吃午餐，那、那個，陪我出去……嗎？午、午餐我當然費請客！啊、啊嗚……」

她在最後關頭又吃螺絲了，羞得滿臉通紅。

怕生又不習慣跟男性說話的心露小姐，為了克服障礙向我提出這種要求，想必需要很大的勇氣。

不過假如對象不是我，她可能會遭到利用。

外貌跟偶像一樣出色，又散發會刺激男人保護欲的氣質。

正因為如此，我覺得必須教她以後要好好保護自己。

「交友軟體上不是會有想約砲的可疑人士嗎？我也是男人，當然不例外。」

「是的……」

「所以，妳最好再小心一點吧？我們只見過兩次面而已。」

「說得……也是。我們只見過兩次面。」

「……」

「不過——」

心露小姐在這段對話過程中，首次看著我的眼睛。

而且不只是看著。

跟我四目相交會立刻移開視線的心露小姐，現在筆直凝視著我——

「——我知道阿祥先生不是那麼過分的人。」

她依然紅著臉，沒有吃螺絲，明白地告訴我。

既然人家都說到這個地步了，我實在狠不下心拒絕她不惜緊張成這樣也要拜託我的要求。

「我明白了。不過妳不用請我吃飯，我想維持對等的關係。」

維持對等的關係。

這句話是我目前能展現誠意的方式。

「謝、謝謝你……！啊哇哇，我好緊僵……」

我第一次看到真的會發出「啊哇哇」聲音的人，忍不住笑了出來。

「等、等一架，你在笑什麼……！」

「哈哈！『等一架』，哈哈哈。」

看來之後的日子會很愉快，我有點期待。

＊

跟前男友重逢，我感覺到自己的心境有所變化。

我真的對他沒有留戀嗎？

假如真的沒有留戀，為什麼我收到翔傳來的ＬＩＮＥ：『抱歉，傘忘了還妳。』會露出微笑？

「唉……」

理智告訴我，我並不是還喜歡他。可是，我的本能大概依舊放不下吧。

跟他重逢的時候，我講的話和態度都很冷淡，心裡卻不是這樣想。當時我肯定在為時隔一年的會面歡喜不已。

儘管不想承認，但是肯定是那樣。

否則我才不會跟沒有留戀的前男友去咖啡廳，在公園吃鬆餅。

我很怕麻煩。

不會跟不重要的男性做那種事。

當晚我沉浸在餘韻中，如今也在為此煩惱，就是我還忘不了他的鐵證。

假設想跟翔復合是我的真心話，這個願望很難成真。

跟他分手時沮喪得有如世界末日的我，調查了許多跟復合有關的資訊。

結果得知復合成功的可能性本身就不高，復合後能夠長久持續交往下去的情侶也非常罕見。

而且之前約會時，我那愛跟人作對的個性又冒出頭，表現得像個超難搞的女生。

就算翔本來想跟我復合，看到我那個態度，一定也會打消念頭。

現在，他跟透過Connect認識的同校女生在一起……

我重看跟翔在Connect上的聊天紀錄時，正好傳來通知。

我將滑到上面的聊天視窗拉到底部確認。

會不會是翔傳訊息來了？

儘管這麼想，實際並不是——

『明天中午要不要一起吃個飯？』

不是，是其他男人傳來的。

從照片看來是個乾淨的高䠷帥哥，而且很會聊天。

「什麼嘛……啊……」

我發現自己說了「什麼嘛」，意識到剛才的假設果然是正確的。忘不了他的不甘及莫名其妙的煩悶感湧上心頭。

在此我不得不承認。

不過同時，說不定也不得不放棄。

是我自己要用那種態度對待他。因此為了儘快忘記他，對其他人產生興趣就行。

而且，翔也找到新對象了。

我跟那個帥哥聊過一陣子，明天的行程也空著，沒道理拒絕他，便跟他約了個地方見面。

「那個托特包真可愛，很適合妳。」

「謝謝……」

見到對方後，是跟照片一樣的帥哥。

隨身物品被誇獎會有種品味受到稱讚的感覺，提升自我認同感，比長得可愛這種膚淺的言詞更值得信任。

感覺不壞。

他在Connect上也直接表明：『我想跟妳拉近距離，我們可以不用敬語說話嗎？』給人的印象不錯。

搞不好是來玩玩的——儘管這樣的猜測閃過腦海，為了忘記翔，我不在乎。我如此做好覺悟——

「明莉，妳是不是有什麼煩惱？」

聽見這個問題，我將注意力放在眼前的男人身上，彷彿將頭探出水面。

我滿腦子都在想那傢伙，連剛剛在做什麼都記不清楚。

然後這位帥哥看穿了這一點。

「沒、沒有啊……」

「真的？不介意的話，我可以聽妳說喔？」

「嗯……」

「因為妳一直在想事情吧？」

什麼都被神祕的帥哥看穿了。

這個人肯定很受歡迎。

不過，會玩交友軟體照理說都有理由。

十之八九想約砲吧。既然如此，我絕對不會讓他得逞。

不喝酒，也不會在晚上跟他見面。

不如說，我要反過來利用這男人。

他長那麼帥，戀愛經驗應該相當豐富。

我只有和翔交往過，不太懂男人在想什麼。而且翔本來就是怪人。

如果這男人想約砲，我就是想找人戀愛諮詢，不曉得這叫約什麼……

「其實……」

於是，我將在交友軟體上跟前男友重逢一事，告訴了初次見面的帥哥——

回到家後，我冷靜想了想。

為什麼我會跟陌生的帥哥坦承一切呢？

＊

安裝Connect前，即使在YouTube上看到交友軟體的廣告，我也不會有什麼感覺。

可是我最近經常在想。

（又是Connect的廣告……）

緣司說Connect的廣告很久以前就經常出現……

我在食堂一邊享用蛋包飯，一邊戴著藍芽耳機看YouTube上的影片，發現有人站到我的正面。

這個人也一樣，是我最近經常看到的人。

「心露小姐，午安。」

「午、午安，阿祥先生。」

我答應心露小姐的請求，平日像這樣在食堂跟她一起吃飯，已經過了快一星期。

跟剛開始比起來，她容易緊張的毛病改善許多——

「今天我也學你點了蛋包飯……！」

講話也不會吃螺絲了。

有種父母看著孩子長大的感覺。

「那我下次學妳點咖哩豬排飯吧。」

「到時我或許會搶一點過來吃……」

「哈哈，我們平分吧。」

現在跟心露小姐聊天的時候，我不再會感覺到她很緊張，她成了一起相處時非常自在的人。

說起來，對於不太會經營人際關係的我來說，這種情況相當稀奇。

因為長時間相處還不會讓我有壓力的人，只有緣司和光——

「最近，我每天都好開心。」

她突然這麼說，令我覺得她一反常態地積極，或者說不像她會講的話。

「你不會否定怕生又膽小的我，總是答應我任性的要求，陪我一起吃飯。」

「如果我會排斥，就不會每天跟妳吃飯了。」

「你願意這麼做並接納我，我真的好高興。」

心露小姐將盛了一口蛋包飯的湯匙放到盤子上，開始用智慧型手機搜尋。

「所以，我想更加了解你，想跟你變得更親近……如如如、如果你有空……」

「……嗯？」

「要要、要不要一起企這裡！」

她秀給我看的螢幕上，顯示著某家咖啡廳的網站。

那家咖啡廳的官網很眼熟，不如說我之前也搜尋過同一個網站。

「這裡有賣你喜歡的蛋包飯對吧……？我也想喜歡上你喜歡的東西。」

心露小姐總是不敢和我對上目光，只有這種時候會看著我的眼睛，真的很犯規。

她本來就長得很可愛，平常總是低下的臉蛋如今看得一清二楚，又說想喜歡上我喜歡的東西……

「走吧……！」

還會有其他答案嗎？

隔了幾天，我再度來到三宮站。

這裡是神戶市市民的主場，宛如老家的地點。至少對我而言是如此。

今天天氣晴朗，跟和光約會的那一天不同。

二月進入下旬了，氣溫逐漸回暖，今天我穿的不是羽絨外套或大衣，而是有點厚的套裝。

裡面穿著白襯衫營造整潔感，是完美的約會穿搭。

「讓你久等了……！」

心露小姐在走出驗票口的前一刻看到我，朝這邊跑了過來。

米色長裙搭配毛茸茸的針織毛衣，然後蕾絲材質的內搭從頸部露出。

這件內搭我在街上也經常看見有人穿，可愛到不行。

「我也才剛到。」

我說出好像在哪裡聽過的臺詞，和她一同邁步前行。

目的地是咖啡廳。以前常跟光一起去的咖啡廳。

「總覺得比平常更緊張……」

「妳在學校也是穿便服，今天的氣質卻不太一樣呢。」

「我平時都是穿方便行動的衣服，今天認真打扮了一下……！然後髮型也努力整理過了！」

心露小姐在胸前握拳。

一舉一動都好少女。

「儘管可能是我的錯覺……請問你今天是不是也稍微打扮過了？」

我平常就會注意穿著或看場合穿衣服，今天要說的話則是約會用的穿搭。我跟心露小姐一樣，在學校時都是穿帽T這種便於行動的衣服。

「對啊。一想到要跟妳一起出來，就有點緊張……」

「你會因為我緊張，我好高興……」

可以不要邊講這種臺詞邊抬頭看我嗎？我會愛上妳。我會愛上妳喔。

那家咖啡廳位在距離車站步行三分鐘的絕佳地點，是個由草木環繞的時尚空間。

這種店家的價位會比一般的家庭餐廳或速食店來得貴。

不過餐點未必會比家庭餐廳或速食店好吃，這部分要看個人喜好。

儘管如此客人還是很多，是因為他們把錢用來購買舒適的環境、美麗的裝潢，以及這家店獨有的體驗和回憶——我是這樣認為的。

還沒分手的時候拜光所賜，我發現自己意外地喜歡去咖啡廳。

「這就是令你著迷的蛋包飯吧……！看起來好美味……！」

心露小姐看著送上桌的蛋包飯，吞了吞口水。不用露出那種玩電動準備進魔王關的表情啦。

「那麼，我開動了。」

她規規矩矩地雙手合十，握住湯匙。

看得出家教很好。

「那我也開動了。」

在我跟著雙手合十時——

——喀嚓。

心露小姐從正面拍下我合掌的瞬間，面帶滿足的微笑。

「拍到好照片了♪」

「不拍蛋包飯而是拍我，這樣好嗎？」

「是的，我就是要拍你。」

她大概沒有深意。

明知如此，依然會害羞。

就算有深意，心露小姐也不可能面不改色地講出那麼羞恥的臺詞。

我也學她用智慧型手機對準正要吃第一口的心露小姐。

——喀嚓。

「剛剛太大意了……我的表情會不會很奇怪……？會的話請你把照片三掉……！好丟臉……」

智慧型手機畫面中的心露小姐確實大意了。

她高興地將蛋包飯送入口中。

之所以不同於以往，是因為她還沒反應過來，臉上帶著放鬆自然的笑容。

不是平常那種有點僵硬的表情，是心露小姐本來的美麗笑容。

「啊哇哇，好難為情……假如照片不能刪掉的話，至少讓我消失吧……誰來把我埋起來……！」

不會有人把妳埋起來。而且妳消失的話，我就只剩下一個人了。

「好、好好吃……！」

她的反應簡直像第一次吃到蛋包飯。

雖然這裡的蛋包飯確實是人間美味，但心露小姐沒吃過蛋包飯嗎？

不對，前幾天她才當著我的面吃過。

我喜歡女生吃東西吃得津津有味的瞬間。這是跟光第一次來這家店時發現的。

我至今依然會不經意地想起光。

重逢的那一天，光從未叫過我的名字。說不定這是她在用自己的方式，告訴我她對我沒有任何留戀。

因此，我最好澈底忘記她。

現在我的面前就有這麼好的女生——

「謝謝招待！」

她跟開動時一樣，乖乖合掌。

擦拭嘴角的動作也優美如畫。

相較之下，光每次都會吃得番茄醬沾到臉上。

喜歡吃東西，沉迷於美食的光很難應付。

想吃的食物源源不絕，她又不擅長查資料，我得代替她調查店家的位置和評價。

肚子餓的時候還會鬧脾氣，是個難搞的女人。

跟光約會時，我一定會在包包裡藏零食，在她肚子餓得開始吵鬧時拿零食堵住她的嘴，這樣她的心情就會變好。

真的是很麻煩的女友。

「阿祥先生，你怎麼了？」

「噢，沒事。」

現在明明是跟心露小姐出來玩，我卻又忍不住想起光。

看來我暫時忘不了她。

離開咖啡廳後，我們接著前往離三宮站差兩站的神戶站。神戶站旁邊有棟大型購物中心——umie。

我們都喜歡走路，便直接用走的過去。

雖然差不多走了二十分鐘，由於路上有知名的中華街和開滿漂亮咖啡廳和雜貨店的榮町通，並不覺得無聊。

「我一直夢想這麼做。本來還以為只能透過漫畫體驗，託阿祥先生的福，我實現了一個夢想。」

心露小姐用我們在中華街買的肉包暖手，語調輕快地說。

至於她嚮往的是什麼，恐怕是現在這個「約會」體驗。

實際上，心露小姐應該只是想要習慣與男性相處，才會跟我出門，但對於在男性面前連話都講不清楚的她來說，很難得有這種經驗。

心露小姐的個人簡介上，寫著她喜歡看少女漫畫和愛情電視劇。

我猜她對戀愛應該很有興趣。

可是因為太害羞的關係，無法順利認識男生。

要不是因為這樣，這麼可愛的女孩子，怎麼可能都二十歲了還沒談過戀愛，根本是奇蹟。

心露小姐在猶豫要買肉包還是芝麻球，最後選了肉包；我則買了其實沒有特別想吃的芝麻球。

只要平分，兩種都吃得到。

這是那傢伙害我養成的習慣。

「請用。」

芝麻球有四顆。

我吃了兩顆，將剩下兩顆連同容器遞給心露小姐。

接著，心露小姐就像突然想到什麼似的，看著右手拿著的肉包——

「對不起，我吃超過一半了……」

「我沒關係，妳可以全部吃掉。」

我本來就不打算讓她分我。

跟光交往後，我得知女生意外地會吃。不過事後證明光是個特例，其實女生的食量只比男生少那麼一點。

「不、不行！要等價交換！」

心露小姐說著鍊金術師會講的臺詞，把吃到一半的肉包塞給我。

「那、那我不客氣了……」

是我說要維持對等的關係，總不能自己打破約定。我將憑藉等價交換換來，殘留著女大學生餘香的肉包送入口中。這個說法真噁心。

「啊……！」

我吃了口肉包並開始咀嚼時，心露小姐面容耳赤地掩住嘴角。

「對對對、對不幾！我、我不是故意的……！」

「……嗯？」

我正在嚼東西，沒辦法說話；不過她為何這麼慌？

「我沒注意到……！我不是淫、淫褻的人……！」

淫褻。

不該從心露小姐口中傳出的詞彙，因為吃螺絲的關係打上了馬賽克。真巧。

她應該是在擔心自己把吃到一半的肉包分給身為異性的我吃，會不會被當成淫褻的女性。

老實說，我也疏忽了。

「哈哈哈，我也沒發現。妳會介意的話，對不起。要我吐出來嗎？」

我將口中的食物吞下去，做出催吐的動作開了個玩笑。

「害、害你把我這種人的DNA吃進體內……如果你真的無法接受，請你吐出來……！我會一直在旁邊照顧你……！」

「開玩笑的啦！」

畢竟不能讓我的嘔吐物弄髒著名的時尚城市神戶。

抵達umie後，我們最先踏進的是入口旁邊的服裝店「niko and」。這家店有販售衣服、家具、咖啡和戶外用品等各種商品。

我常在這裡買家具和衣服。

本來我連這家店都沒聽過，是因為光喜歡才經常陪她一起來，不知不覺跟著喜歡上了。呃，我怎麼又在想光……

「阿祥先生，你、你結得怎麼樣？」

心露小姐戴上圓框的平光眼鏡，雙手比出V字手勢面向我。

妳的臉超小又五官端正，不可能不適合。可是，那個俗到不行的姿勢是怎樣？

呆站在原地雙手比V，表情是僵硬的笑容。

「噗！哈哈哈！很好看、很好看，哈哈哈！」

「你、你在笑！講兩次聽起來好假！討厭啦！」

她害羞地把平光眼鏡放回架上，轉身就走。

大概是不想被我看見她的表情。好可愛。

試戴完眼鏡，我還不忘吐槽擺出奇怪姿勢的假人，拚命阻止被莫名其妙的大猩猩裝飾品吸引、猶豫要不要買的心露小姐。事後她一定會覺得自己買這東西做什麼。

我們接著前往遊樂中心。

其實也不算前往，只是碰巧路過才進去。

那裡有許多夾娃娃機，心露小姐緊盯著其中一臺不放。

「妳想要這個嗎？」
「啊，沒有……」
她支支吾吾地回答，令我感到疑惑。望向心露小姐在看的機臺，我發現裡面放著巨大的貓咪娃娃。
心露小姐果然也是女孩子。
不過她說不定覺得都上大學了還想要娃娃，會不會顯得很幼稚。
「好，我來夾夾看吧。」
「咦……」
如我所料。
我一說要幫她夾，她的臉上就漾起笑容。
喜歡娃娃很好啊。挺少女的。
以前我說要幫光夾娃娃的時候——
『咦，不用啦。又不能吃。我比較想要那邊的零食！』
她這麼回應。真希望能學一下心露小姐。
於是我投了一次又一次的百圓硬幣。

「阿祥先生，放棄吧……？」

「我真的好遜……別看我……把我埋起來吧……」

結果我挑戰了三十次左右也完全夾不到，純粹在出糗給她看。

這麼說來，那個時候我也夾不到零食。

『咦，夾到了耶。』

光玩一次就夾到了。

「對不起，我明明說了要夾給妳……」

「真的沒關係。其實我並沒有那麼想要這個娃娃……」

竟然還讓心露小姐給我臺階下，真是最爛的結果……

「只是，你說要夾給我的時候，我很高興。」

「咦──？」

「這種情境在電視劇上很常見。我高興的是你願意為我而努力。」

那麼，當時的笑容是在感動自己經歷了漫畫和電視劇中的情境嗎？

「什麼嘛，所以沒夾到剛好嘍？看來我無意間看穿妳真正的想法，才留了一手也說不定。」

「啊，我認為不是那樣。」
「我想也是。」
我們走出遊樂中心，在umie中閒晃。
umie裡面有很多家服裝店，我帶著平常不太會來這邊購物的心露小姐，逛了各式各樣的店家。
她說她平常不太會來，身上的衣服卻很時髦，有種樂於打扮的感覺。
「妳一般都在哪裡買衣服？」
「我只會用網購。不如說只能用網購……」
我們走進男女裝都有賣的店逛著女裝區，挑選適合心露小姐穿的衣服。
她貼在我背後低頭走路。
「等……這樣很危險。來，走我旁邊吧。」
「可、可是……！」
她從剛才開始，樣子明顯不太對勁。
她還是可以好好講話，所以能夠溝通，但這樣實在很難走路。
「兩位客人～！在找什麼樣的衣服呢～！」

用音階來說是So。

在服裝店會用So的音調講話，靠近客人的存在。

那就是——

「啊哇哇……世界要滅亡了……」

我將看到店員而頭暈目眩的心露小姐護在身後，同時心想：「她的反應未免也太誇張了吧？」

「沒有，我們只是在隨便看看……」

「哎呀，這樣啊～！那麼這件針織衫怎麼樣！如果你們想要配合春天的天氣，選比較薄的外出服，我推薦這種流行的顏色～！」

「哦～」

「這件針織衫感覺很適合您的女朋友呢～！」

「女女、女捧友！」

「啊，不好意思。不是嗎……？」

「沒、沒關係，我、我不介意。」

看到心露小姐面對店員的態度，我重新認知到她真的極度怕生。

看起來明明是愛打扮又喜歡漂亮衣服的人，卻不去服裝店，只用網購的理由。

「不好意思，我們下次再來。」

我們什麼都沒買，店員依然笑著鞠躬目送我們走出店門。

比平常更黏我的心露小姐在微微顫抖，直到店員完全消失在視線範圍內才停止。

「對不起，我考慮得不夠周全。」

我判斷無須說明，直接向她道歉。

「不會，是我太怕生了……服裝店和髮廊都是我從小到大害怕去的店……」

「畢竟店員都會一直跟客人說話。」

「服裝店的店員神出鬼沒，就算刻意隱藏氣息，他們也會憑第六感把你抓出來。髮廊則會把你困在椅子上，讓人無處可逃，瘋狂打探客人的個人隱私，彷彿在一片片剝下你的指甲……好可怕……」

對我而言只是剪頭髮的地方，對心露小姐而言卻是拷問場所。怕生屬性真恐怖。

「妳累了吧？我們買杯星巴可，在海邊的長椅上休息吧。」

聽見我的提議，心露小姐立刻展露笑容。

這是意料之中的反應。

uemi的不遠處有座美利堅公園。

那裡沒有特別之處，就只是看得見海的廣場，大學生常在這裡玩滑板或跳舞。

我們在美利堅公園的星巴可買飲料，坐到長椅上休息。

據我推測，這是心露小姐嚮往的電視劇或漫畫裡會有的情境。

再說美利堅公園是情侶的約會聖地，我認為心露小姐純粹對那種東西沒抵抗力。

太陽下山後，港都神戶的夜景和被燈光照亮的港塔十分美麗，在我心中是女生想被告白的知名場所。

只是在我心中啦。

白天的美利堅公園也有它的優點。

可以環視遼闊的大海，也可以坐船。

我點了豆乳拿鐵，心露小姐則鬼鬼祟祟地努力試圖跟店員點抹茶星冰爽，卻講出糟糕的話：「請、請給我一杯摸摸茶星冰爽！」只好由我翻譯。

「呼……我很嚮往星巴可，沒想到它是那麼令人緊張的高級店家……」

「第一次去確實會緊張。」

「阿祥先生很習慣呢，還點了客製化的口味……好厲蓋……」

「我一開始也是把中杯的Ta唸成『踏』喔。」

「啊啊！說好不提這個的！」

「哈哈哈！」

選擇尺寸時不知道Tall怎麼唸，最後唸成「踏」，是星巴可常見的事，不過女大學生不會唸還滿稀奇的。

「謝謝你今天不只陪我出來改善怕生的個性，還陪我體驗許多想做的事。」

「不會、不會，我也玩得很開心。」

她珍惜地將摸摸茶星冰爽放在大腿上，凝視海面的雙眼反射波光且熠熠生輝。

「雖然我還是會緊張，跟阿祥先生相處的時候果然很平靜……」

她的頭髮隨海風搖曳，美麗的臉龐朝向我——

「假如你有空，可以再跟我出來……約會嗎？」

或許是因為害羞吧，心露小姐一直避免提到「約會」。如今這個詞彙從她口中說出來，連我都緊張起來。

「好的，妳不嫌棄的話。我們照這個步調，改掉怕生的毛病吧。」

今天真是個好日子。

很久沒體驗過這麼充實的約會了。

不過與此同時，我也氣自己連在這種時候，都會下意識想到光。

第六話　萬萬不可臨時爽約。

沒上漆的水泥牆，以及和我一樣高的觀葉植物。

跟我打工的咖啡廳風格相似、統一成黑白灰單色系的房間，散發出不像大學生房間的成熟氛圍。

「為什麼我們住在同一棟公寓，房間裝潢卻差這麼多？」

「格局一樣吧？」

「是沒錯，但我的房間是普通的白色牆壁。」

「這是壁紙啦。我自己貼的。」

「真時尚……」

「小翔也試著自己煮嘛。一個月可以省一萬日圓的餐費，一年就十二萬嘍？我想把錢用在衣服跟家具上。」

緣司端出看起來很貴的茶壺微微一笑。茶壺裡泡著香氣撲鼻的紅茶。

「請用。」

「自己煮啊……」

上次下廚是什麼時候了？

高中時我可以說根本沒進過廚房。

升上大學、開始一個人住後，我曾經自己煮過幾次，卻持續不久。

——「翔，你有擅長的菜色嗎？」

——「咖哩吧。」

——「咦，你會煮咖哩？」

——「當然是調理包。」

——「那不叫煮飯！」

我想起以前跟光的對話。

「我說，小翔。」

「嗯？」

「你跟前女友怎麼樣了？」

「怎麼樣了，是什麼意思？」

我和光不會再見面了。

因為我們沒理由見面，而且一旦見面，我內心的留戀八成會變得更加強烈。

光已經有新對象了。

沒有我介入的餘地，我也沒打算介入。

「反正你八成還忘不了她對吧？」

「才不是！」

「惱羞成怒很可疑喔！」

「閉嘴！」

緣司哈哈大笑，一面寫著眼前的大學作業。

我也一樣，準備打開電腦寫作業，手卻在途中停下來。

提不起勁。

本來想自己寫作業，緣司卻跑來約我一起寫，即使我都拒絕他了，他還是擅自跑進我家。

但是我房間只有單人用的吧檯桌，不能兩個人一起用。

麻煩歸麻煩，反正再怎麼拒絕也沒用，我便決定來緣司的房間。

不知不覺，緣司也失去幹勁，在用智慧型手機跟人傳訊。

「喂，不是要寫作業嗎？不寫我要回去嘍。」

「咦——你不也在摸魚？」

「我上午就寫了不少，完全不用擔心。」

「好卑鄙！那幫忙寫我的！」

「你白痴喔，誰要幫你寫。」

聊天途中他也一直盯著智慧型手機看，甚至有點在偷笑。

「你在跟人聊ＬＩＮＥ嗎？」

「怎麼啦，小翔？吃醋了？」

「別講這種話，噁心死了。只是問一下。」

「嘿嘿嘿～其實我最近認識了一個不錯的女生。」

真難得。

緣司談戀愛的時候總是處於被動，因為女生主動告白才試著跟對方交往。

無論何時，都沒有緣司表示好感的女生。

因此他的戀情總是維持不久，當事人應該也為此感到頭痛。

「太好了，你不是很煩惱自己從來沒有真心喜歡上別人過嗎？」

「嗯。我有時還會想，我喜歡的搞不好是男人。」

「……」

「我不會對你怎麼樣啦，別擋住屁股好不好！」

就算他真的喜歡男人，緣司大概是受，不會襲擊我——我下意識如此心想，然後賞了自己一巴掌以驅散這個想法。

「啊，對了，小翔。星期五要不要去三宮吃飯？」

「啥？為什麼？這附近也有很多餐廳吧？」

「求求你！三宮有家我想去的店。」

雖然我不太會跟人一起在外面吃飯，倒是挺常跟緣司一起吃。因為我們住得近，去旁邊的牛丼店解決即可。

再說，我一個人也敢去牛丼店或家庭餐廳，沒道理跟緣司一起去，但他會擅自跟過來，我也就隨便他了。

「好麻煩。」

「小翔，我之前幫你代班過對吧？」

「唔……」

「記得是因為你把作業拖到之後才寫，沒時間打工……？」

「星期五嗎？我剛好也打算去三宮一趟。」

那就是你的手段嗎？卑鄙小人。

從最近的車站搭電車過去，也要大約半小時。對我來說那個距離儼然是旅行。

「好耶，看來可以不用跟店長告狀嘍♪」

「你這個惡魔……」

於是，時間到了星期五。

下午三點半，大學下課後。

現在吃晚餐有點早。

緣司比我早一點下課，先去打工了。好像是六點下班。

也就是說，我必須自己打發三小時的時間。

而且智慧型手機的電量不多，只剩三〇％。我不敢執行滑智慧型手機三小時的作戰計畫。

「可惡的緣司，自己約人竟然還讓我等……」

早知如此，我也好想排班。

事情都過去了，後悔也沒意義。

我決定先漫無目的地閒晃。

雙腿自然而然走向形似巨大階梯的長椅。

這裡晚上會變成情侶卿卿我我的地方。我來到這裡卻是一個人，沒有任何目的。

只不過，來這裡的時候會想起跟光一起來的回憶。

雖然我們不是來卿卿我我的，我和光會牽手並肩而坐，因此從結果來看，其他人肯定覺得我們在放閃。

現在見面的時候，我們的關係惡劣到彷彿要請對方吃拳頭，牽手就更不用說了。

然後我接著來到打發時間的首選——唐吉軻特。

我從寫著「激安殿堂」的招牌下走過，直接無視一樓的食品販售區前往二樓。

二樓有賣日用品之類的商品。洗衣精和定型液混在一起的味道瀰漫整層樓。

雖然根本聞不出是什麼味道，還挺香的。

我也和光一起來過這裡。當時她拿起不會買的柔軟精試聞瓶跟我抱怨：「不是這個。」妳哪有資格說啦。

我隨手拿起一瓶試聞瓶，跟我們之前聞過的是同一種味道。

「還不錯。」

三樓的商品種類五花八門，從電器到派對用品應有盡有。

——「欸，你穿穿看這件衣服。」

她這麼說著遞給我兔女郎的角色扮演服。

明明知道我不可能穿那種衣服。

光想像我穿兔女郎裝的模樣，一直在忍笑。

四樓是販賣高級名牌的樓層，我怕得從來沒去過。

光卻說只是看看而已，硬抓著我的手——

——「咦，其實不是買不起耶？你看，這個包包只要三萬日圓！」

——「妳少看一個零。」

——「啊！」

之後我們就再也沒有踏進四樓過。

未來恐怕也不會有機會進去。

我離開唐吉軻特走了一陣子，來到有名的戀愛神社生田神社。

我也跟光來過生田神社好幾次。

每年的新年參拜，還有考大學前。

結果大學考上了，我們卻分手了。

去戀愛神社參拜，順利上榜，然後跟戀人分手。人生真是無法預料。

爬上神社旁邊的坡道即可抵達北野。在人稱時尚城市的神戶中，北野屬於特別時尚的地區。

這裡有著異人館街，以及在ＩＧ上經常看見、如同神戶代表物的咖啡廳。

來這邊的時候，光總是在我身旁。上一次是在分手前，已經超過一年沒來了。

這裡還有許多觀光客，不管怎麼說，來這邊都需要注意坡道又長又陡。

盛夏時節還可能出人命。這不是在開玩笑。

當時光也抱怨個不停。

——「好熱喔，揹我～」

——「妳都幾歲了。」

還有光想去的咖啡廳。

我明明早就跟她說過要確實補充水分，光卻說爬完坡再喝的水肯定比較好喝，不聽我的勸告。

最後是我揹她到店門口，我們熱得滿身是汗，丟臉至極。

她還在我背上大喊：「上吧——！我的專車！」想起來就不爽。

只是走在街上，就不斷想起跟光之間的回憶。

不行，我要斬斷舊情。

我已經決定了，怎麼可以回頭。

就算光也對我有留戀，無法向對方坦承心意的我們，肯定不會有未來。

獨自散步三小時。

終於六點了，打工下班的緣司應該要傳ＬＩＮＥ給我了。

等了那麼久，從他下班到搭電車到這裡，不曉得要花多久的時間。

大概半小時吧⋯⋯

他肯定還沒到，但我還是走向我們約好見面的三宮站。

抵達車站時，緣司正好傳ＬＩＮＥ過來。

『我六點半會到！』

附帶狗舉起前腳搖呼拉圈的神祕貼圖。

你在搖什麼呼拉圈啦，我可是在寒風中等待耶。

都等這麼久了，事到如今半小時根本不算什麼。我就維持雙手扠腰的姿勢等待他到來吧。

只不過他來了以後，我要賞他一拳。

人潮從驗票口湧出。現在是回家的尖峰時段，有學生和上班族等各式各樣的人。

沒錯，各式各樣的人。

有人長得和我認識的人相似應該也不奇怪。因此我現在看到的，只是長得像的人。

那人的身影隨著距離接近變得越來越清晰，然後我的疑惑也轉為確信。

「妳怎麼會——」

從驗票口走出的人，毫無疑問是光。

我跟她相處了那麼長的時間，不可能認錯人。

「咦，你怎麼在這裡……」

光只有一個人，看起來也不像下課後直接過來，明顯打扮過。

「我才要問妳……」

「我要跟朋友去吃飯……」

光這麼說著，站到離我一公尺遠的地方。

「我也是。怎麼連這一點都一樣……」

「我今天的運勢是最後一名，沒想到會反映在這種地方……」

「原來妳討厭我就跟討厭星座運勢最後一名一樣。一大早就看到那個，整天都會很憂鬱喔。」

「哎呀，原來你沒有自覺。沒錯，我現在超級憂鬱。」

「身為前男友，我倒覺得我比路人來得好。」

「正好相反吧？因為是前男友，你比最底層的人更糟。」

「這樣講未免太過分了吧？」

剛見面就對我使用言語暴力。

要不是因為我今天回憶起跟她之間的回憶，產生一點感情，現在已經見血了。感謝我放妳一馬吧。

「你跟對方約幾點？」

「六點半。」

「哎呀，一樣耶。」

「咦？」

我聽了嚇得說不出話。

不是因為約好的時間一樣。

「妳怎麼半小時前就到了……！」

「又不會怎樣。」

我和光交往了三年又三個月。

約好時間見面的次數多到數不清。

除了我睡過頭的時候，光從來沒有比我早到半小時過。

「是男人嗎……」

「要你管！」

八成是她在交友軟體上聊得很開心的那個男人。一聽到就覺得心裡悶悶的。

「你也不是會特地跟一般朋友在三宮吃飯的類型吧？我知道了，是女人吧？」

「差、差不多啦。」

其實只是女主角力超高的男性朋友，不過光都說要跟新對象約會了，說要跟男人吃飯感覺就輸了，我不想承認。

「哦～你們進展得挺順利的嘛。」

「還行啦。」

「那女人眼光真差，竟然會看上你這種人。」

「要這樣說的話，妳的眼光也沒好到哪裡去。」

「笨啊，我天生失明，直到一年前才重見光明，以前都不知道你長什麼樣子。」

「俗話說愛情是盲目的。原來妳對我這麼著迷。」

「什麼鬼！可以不要把我的話曲解成對自己有利的意思嗎！」

「痛痛痛。知道了，別打我。」

在我們吵架的過程中，不知不覺到了約定的時間。

可是我們等的人始終沒來……

「看來跟你有約的那個女生也終於清醒了。她應該在想為什麼我要跟那種人約會，冷靜下來後決定爽約吧？」

「妳才是。人家找到更好的對象，把妳拋棄了吧？」

我和光瞪著彼此，智慧型手機同時響起。我們意識到是自己在等的人傳訊息來了，立刻拿出智慧型手機查看。

只要能證明是對方通知我會遲到，就能反駁光了。

然而，實際上並沒有那麼順利。

『小翔，對不起！田中先生突然不能來上班，找我幫忙代班！真的很抱歉，改天請你吃飯，請你原諒我！』

也就是說這跟光的閒言閒語一樣，是臨時爽約。

再說，即使這則訊息的內容寫著：「我快到了！」我也不能拿出來證明給光看。

因為傳ＬＩＮＥ給我的人是緣司，他的顯示名稱是「阿司」。

我剛才打腫臉充胖子，暗示她我和女孩子有約，現在怎麼可能開得了口。

那傢伙幹嘛不取個可愛點的名字。女主角力那麼高，名字卻這麼有男人味。

好了，現在該怎麼辦呢……

我斜眼觀察身旁的光，免得被發現，結果她正看著智慧型手機。

要是她知道我真的被爽約，肯定會嘲諷我。這樣等於是我輸了，休想得逞。

既然如此，設定成等光見到跟她有約的對象後，我再和那個「女生」會合吧。

這樣光會先離開，不可能知道我被放鴿子，而且還能親眼看到她要見的男生是什麼樣的人。

雖然我並不在意，還是必須確認交往超過三年的前女友有沒有被奇怪的男生騙。畢竟她跟我相處的時間僅次於家人。

「你約的人還要多久才會到？」

她低頭看著智慧型手機，聽起來對此半點興趣都沒有。

這個問題應該慎重回答。

對光而言或許是無意義的閒聊，可是跟我有約的「女生」，非得設定成會比她等的人更晚到。然而，我根本不知道光等的人何時會到。

我們原本約的時間都是六點半，現在的時間則是六點四十分。也就是說，之後的事情無法預測。

「不知道，再等一下吧。」

「再等一下是什麼意思？你們不是約六點半？」

「她一定是不守時的人。那妳的對象呢？都沒跟妳聯絡嗎？對方是不是覺得妳一點都不重要？」

「啥？人家才不是你這種人渣。他有傳訊息給我。」

「我也有收到對方的訊息。」

雖然是爽約的訊息。

「那她還要多久才會到？」

看來騙不過去了……

可是，如果我說：「馬上就到了。」結果光等的人遲遲沒出現，她可能會說：「她跟你說馬上會到是騙人的呢。原來你那麼不想被我知道你被放鴿子，真丟臉。」光是想像就不爽。

「不知道，她說她坐錯電車了。」

如何？這樣就不知道正確時間了吧？

「哦～幾分會到這裡？」

糟糕。

電車的到站時間，上網就能輕易查到。

我在情急之下說了謊，卻犯下失誤。

可是，還有辦法挽回。

光的心胸肯定沒寬大到願意等遲到超過一小時的人。也就是說，只要告訴她要等一小時以上即可。

「她說八點前會到。」

「啥！太晚了吧！你還打算一直在這邊等？你是忠犬嗎！」

「少嘍嗦。那妳呢？」

「我、我也差不多。」

「啥！太晚了吧！妳不也是忠犬！妳白痴喔！」

「我是個好女人，等這麼一點時間不算什麼。」

「那不叫好女人，叫『好使喚的女人』吧？」

「閉嘴。我要等的人說他八點零一分會到，所以你等的人會先來。」

什、什麼……！

我不久前才說對方好像八點前會到，這樣會變成我等的人先來。

不過，當然不會有人出現。

「喔，她傳訊息給我了，改成八點零二分到。」

「喔，我也收到對方的訊息，改成八點零三分到。」

「「……」」

這女人真難搞。

然而……我終於明白，光等的人恐怕也因為某些原因無法前來。

不知道她是本來就沒約，想要打腫臉充胖子，還是真的有約，結果嘲諷我時用的「爽約」招式反彈到自己身上，不好意思開口。

抑或是碰巧遇到我，想看看我的約會對象是什麼樣的人……

就算是毫無留戀的前男友，曾經喜歡超過三年的人找到了新的對象，任誰都會有興趣吧。

光好像也理解現在的狀況，深深嘆息後邁步而出。

「喂，妳不是跟人有約，這樣好嗎？」

「沒關係。我告訴他時間拖得太晚，今天不約了。」

我沒看到她傳訊息，什麼時候傳的？

不對，她應該沒傳訊息。因為光等的人根本不會來。

不過我也一樣……

儘管如此，光還是那樣說，我將其理解成：「這次算平手吧。」

「這樣啊。其實我也是。」

既然要算平手，就一起丟臉吧。

「欸，你還沒吃飯對不對？」

「對啊。畢竟本來就約了要一起吃飯。」

「陪我吃飯吧，今天我想去喝酒。之前不是說過『改天』再喝嗎？」

沒錯。上次我還傘的那一天。

當天我們隔天第一堂就有課，所以沒有喝酒。

光那時確實說過那種話。

「……走吧。」

於是，我們又在市街上找起餐廳。

首先，活用上次的經驗，把我們設定成吃飽喝足的未成年人，應付拉客的人。

第二，假如光看上一堆店——不如說她絕對會這樣，我要好好引導她。

第三，要跟大胃王光吃飯的話——

「妳食量超大，找家便宜的店或吃到飽吧。」

「不愧是你，比任何人都了解我。」

「也不想想我當了妳幾年的男朋友。我對妳的了解只輸給妳自己和妳的家人。」
「我也對你懂個七八成，叫我光基百科。」
「真是不可愛的綽號。」
「要你管。走吧，幫我找家好店。」
「扔給別人找喔。」

我們在夜晚的街道走了約十五分鐘。
進入一家氣氛類似酒吧的烤雞肉串店。
光對炭烤的香味沒有抵抗力，剛經過門前就被吸進店內。
從氣氛來看，這家店挺高級的，不過看到門口的價目表，我決定就選這裡。
兩個人大吃大喝，頂多只會花到六千日圓——但願如此。
我拿起送來的啤酒杯，抬起下巴催促光照著做。
她臉上寫著：「你在對我頤指氣使什麼？」卻還是乖乖用玻璃杯跟我乾杯。
「「乾杯。」」
儘管交往了三年以上，當時我們都還未成年。

也就是說，這是我們第一次一起喝酒。
光喝的酒、酒量、喝酒速度，以及喝醉後會變成什麼樣子，全是未知數。
有人喝醉會變得愛哭，有人喝醉會變得愛笑，每個人各不相同，我猜光會變得很愛吃。雖然跟沒喝醉的時候差不多就是了。
「噗哈——好喝。」
第一口啤酒就是要配這句臺詞，是全世界的啤酒受到的詛咒。
「你是中年大叔嗎！」
「又不會怎樣，就是會忍不住想說嘛。」
「啤酒那麼苦，我喝不下去。那東西到底哪裡好喝？」
「妳就是因為這樣才會一直像個小孩子。」
「閉嘴。」
「好痛！」
她從桌子底下踹我，氣死我了。
意想不到的是，光裝可愛點了黑醋栗柳橙雞尾酒。
「我才要說妳點的黑醋栗香橙雞尾酒太甜，搞不懂誰喝得下去。而且超不適合妳這種毒舌女。妳就該喝日本酒吧？」

「我長這樣哪適合喝日本酒，當然是可愛的雞尾酒嘍。」

「少自戀了。」

「對了……」

光喝了口黑醋栗柳橙雞尾酒，開啟話題。

「你為什麼開始用交友軟體？」

「咦——」

我忘不了妳，朋友推薦我用的——這種話誰說得出口。

不對，本來就沒必要那麼誠實。

「朋友推薦的。妳呢？」

「哦～這樣呀。我也是……」

她好像有話想說的樣子，卻沒有把話說完，大口喝下裝在透明玻璃杯裡的黑醋栗柳橙雞尾酒。

「那妳之前說的跟妳聊得來的男生呢？他不是長得帥，人又不錯嗎？」

光放下玻璃杯，回答我的疑問。

「對呀，至少比你親切爽朗得多。」
「妳今天就是跟那個人有約？」
「對。不過被放鴿子了。」
雖說我們兩個都早就知道真相，她竟然主動承認自己被放鴿子，真令人意外。看到光不怎麼在意自己被放鴿子，我有點鬆了口氣，同時厭惡自己的反應。
我幹嘛要放心啊？都已經決定要斬斷舊情了。
「老實說，我打算找個新對象，卻無法喜歡任何人。」
或許是拜酒精所賜，重逢後從未聽過且疑似真心話的發言，從光口中流露而出。她跟經過旁邊的店員加點了檸檬燒酒雞尾酒，晃著只剩冰塊的玻璃杯。
「你呢？跟學校的偶像進展得順利嗎？」
平常我應該會回答：「還可以。」可是，光現在說的恐怕是真心話，只有我什麼都不講，太不公平了。
「其實我也跟妳差不多。搞不清楚自己之前是怎麼喜歡上別人的。」
「哇，我超懂……」
原因恐怕在於對光的留戀。這可不能告訴她。

「為什麼我無法喜歡上那個帥哥，卻有辦法喜歡上你這種臭臉男……」

「真沒禮貌。」

「哈哈哈！逗你玩果然很有趣～」

總覺得這愉快的氣氛，跟我們還在交往時一樣。

「不過跟你相處挺開心的，偶爾像這樣出來喝杯酒或許還不壞？」

還不壞。她沒有斷言，反而像在觀察我的反應，我一時之間無法判斷該怎麼回答才是正確答案。

「是啊……還不壞。」

我無意間說出真心話。

重逢後在我面前不太會笑的光，如今面帶微笑。我不由得感到難為情，從她身上移開視線。

「不過你跟她有進展的話，記得告訴我。雖然是因為一時瞎了眼，我好歹和你交往了三年，會幫你出主意。」

「瞧妳擺出一副高高在上的態度。我也是，雖然我看女人的眼光很差，要我幫妳出主意也不是不行。」

「你這人真讓人不爽……」

「彼此彼此。」

光板著臉灌下不知何時送來的檸檬燒酒雞尾酒。

「不好意思，我要一杯梅酒加冰塊。」

「妳喝的酒種真多。」

「還好啦。你都只喝啤酒，中年大叔嗎？」

「囉嗦，少管我。」

「對了，我之前回去翻了我們在Connect上的聊天紀錄，真的好好笑。你的形象也差太多了吧？」

「妳不也一樣！」

「哈哈哈，第一則訊息超不符合你的個性～」

光看著智慧型手機捧腹大笑，我被她惹怒，想要以其人之道還治其人之身，啟動Connect點開跟她的聊天視窗。

在滑到第一則訊息的途中，我看到光之前問的問題。

『你們為什麼分手呀？』

上一秒還在大笑的光，說不定也看到了同一則訊息，表情變得有點陰暗。

「我們契合度明明很高……」

我們用各自的智慧型手機重看訊息時，光帶著無奈的苦笑開口。她的表情有什麼含意，我不得而知。

光放下智慧型手機，大口喝著剩下的檸檬燒酒雞尾酒……杯中的液體迅速減少。

「喂，妳喝太快了吧？不知不覺都喝完了。這杯酒才剛上耶。」

「又不會怎樣，別管我。下一杯要喝什麼呢？」

她喝的速度明顯太快了。

難道光是酒豪？有可能。因為她的食量也大得不合常理，腦袋或胃袋不正常。

既然如此，照這個步調喝下去也沒問題……嗎？

不只酒，她的筷子也沒停過。宛如在用態度宣示主權的猛獸。

「喂喂喂，我又不會跟妳搶，吃慢一點啦。」

「食物要趁熱吃才好吃。得在涼掉前最美味的狀態下享用。」

「先不說食物，妳喝酒喝那麼快沒問題嗎？妳臉都紅了，還兩眼無神。」

「我一喝酒就會臉紅，不用擔心。」

儘管她嘴上這麼說，光可是愛面子、愛逞強且不服輸的人。

她肯定有點在硬撐。如果我在這時加點一杯，她搞不好會想跟我拚酒。

我還喝得下，也還沒喝夠，但她好歹是我的前女友，不能明知她會喝垮，還放著她不管。

「我喝不下了，到此為止。不好意思——請給我水。」

我朝跟我四目相交的店員豎起兩根手指，示意他給我兩杯水。

如果我用講的，光一定會說：「我不是說不用擔心嗎！」不肯乖乖喝水。

「呼～好睏喔。」

「看吧，就叫妳別喝了。」

她似乎比想像中醉得更厲害。

看來光的酒量跟一般人一樣。

「可是我剛剛又點了一杯，喝完那杯再說。」

一杯應該還行……我當時是這樣想的，等走到車站準備散會時，這才發現自己大錯特錯。

光一口氣喝完最後一杯酒後說：「咦？原來還有一杯檸檬燒酒雞尾酒啊？」把我遞

給她的水誤以為是酒。

妳連味道都喝不出來了。

我將兩眼無神的光留在位子上，先去櫃檯結帳。

儘管這家店定價算便宜，對大學生來說還是有點傷荷包。不過光現在醉成那樣……之後再跟她要錢吧。

「走吧，回家了。站得起來嗎？」

光握住我伸出的手，目不轉睛地看著我。

她的臉頰泛紅，雙脣水嫩有光澤。

在這麼近的距離對視，我有點難為情。

雖然這種事沒什麼好比的，光也可愛得完全不輸心露小姐。縱使是截然不同的類型，光高中的時候也非常受歡迎。

端正的五官和讓人忍不住想保護她的纖細身軀，以及連男生都可以跟她輕鬆聊天的開朗個性。

「跟你說喔。」

光凝視著我，就像要往我身上靠一般，把手放到我胸口——

「……我好想吐。」

「——咦？」

以剛才的氣氛來說，妳應該講些更有女主角氣息的可愛臺詞吧？妳這樣只會有嘔吐物的味道。

最後光衝進洗手間，卻沒成功解放，無力地走出來。

吐出來應該會舒服得多。

「欸，我不舒服，揹我。」

「這麼大了還要人揹，妳不覺得丟臉嗎？」

「拜——託——啦——！」

「妳是小孩子喔……」

反正她踏出店門就會覺得被其他人看到很難為情，吵著要我放她下來。

忍到那時候即可。

可是——

「喂，妳是不是睡著了？我在寒風中汗流浹背地揹著妳耶。」

「……」

沒有回應。
只聽得見光的呼吸聲。
「唉……」
到車站的時候她還是沒醒來，又不能就這樣把她丟在這邊。可是，我和光的家在反方向……
「該死，有夠麻煩的。」
我拿出光放在背包側袋的ICOCA和我自己的ICOCA感應，穿過驗票口。
站務人員笑咪咪地看著我們。我從他的眼神裡感覺到溫暖的訊息，就像在說：「這對情侶感情真好～」
實際上是關係降到冰點的前任就是了。
被我放到椅子上的時候、電車搖晃的時候、又被我揹起來的時候，光都沒有要醒來的跡象。
氣死我了，丟下她好了。
還在交往時，我來過離她家最近的車站好幾次。
時隔一年沒來，我很想沉浸在懷念的情緒中，然而揹著光爬上漫長階梯的我沒有那個心情。

「快起來啦……！」

光趴在精疲力竭的我背上，從剛才開始就一直發出咕噥聲。

是不是稍微醒了？

如果是夢話，未免太長了。

「其實……不是的。」

「妳在說什麼……」

光沒有回答。因為那是夢話。

聽說很多人喝醉後會性格大變，其實只是那個人的本性或真心顯露出來了吧？

光這種喝醉的方式，很符合吃飽睡睡飽吃的個性。

「……不要在約會的時候說想睡嘛。」

「妳在夢中跟誰約會啊？」

「欸，好吃嗎？」

「什麼東西好吃啦？吃了那麼多，連作夢都在吃東西嗎？」

光仍然聽不見我的回應。

應該是睡得不夠熟，作夢了。她的夢話毫無連貫性，不知道是什麼樣的夢。
「謝謝你總是吃得一乾二淨。」
「……」
「對不起。」
「——」
總覺得在哪裡聽過那些話。
我的口頭禪就是「好想睡」。
記得我在跟光約會的時候說過想睡，被她罵了好幾次。
有一次她以為我嫌跟她約會無聊，因此陷入消沉。
不是的。
我只是跟妳在一起時，會覺得心情平靜。
——欸，好吃嗎？
光總是會做便當給我吃。
媽媽很高興可以省下做便當的時間，每次光來家裡都會盛情款待。
可是，就算是客套話，那個也不能說是好吃的東西。

明明只要撒謊說好吃就好，卻覺得這麼對光說有些不好意思。

——其實我有點失誤，可能不太好吃……

——不會啦，謝謝妳一直為我做便當。

其實我想說：「很好吃喔。」

所以我才想說至少用行動證明，吃得一粒飯都不剩。

——謝謝你總是吃得一乾二淨。

沒錯，我統統記得。

全是她對我說過的話。

除了那一句。

——對不起。

這句話，我們兩個都說不出口。

我緬懷著過去，回過神時已經走到光的家門前。

「喂，起床。」

「咦——？哇！」

光睜開眼睛，從我背上跳下來。

看來她酒醒得差不多了。
我感到放心，卻被她降落的衝擊晃得摔在地上。
「啊，抱歉。」
「痛死我了……」
「你揹我回家呀。」
「因為妳睡死了。」
這次我抓住光朝我伸出的手站起來。
平常的她感覺會說：「少多管閒事！我一個人也回得了家！」今天卻異常老實。
「謝謝……你家不是在另一邊嗎？」
「對啊，可是我還沒有沒良心到會丟著醉成那樣的妳不管。」
「那個，我……有沒有說奇怪的話？」
奇怪的話。
是指剛才的夢話嗎？
光想問的大概是她有沒有因為作夢的關係，說了奇怪的夢話。
「有啊。」

「咦……我說了什麼？」

我想了很多，但那些夢話未必是光的真心話。

據實以報沒有好處，我又不希望她覺得我在胡謅，便決定敷衍過去。

「『吃不完啦——！』妳是笨蛋嗎？連作夢都在吃。」

「什麼嘛……」

「怎麼了嗎？」

「沒事！謝謝你送我回家。再見。」

光對我揮手。

就連以前，她都不可能對我這麼親切。

應該是因為我揹她走了這麼遠，她覺得欠我人情。

「嗯，再見。」

我跟著揮手回應，走向車站。

僅僅是少了不久前還貼在背上的體溫，我才知道原來天氣這麼冷，搓著雙手對掌心哈氣。

「——翔。」

聽見來自後方的聲音，我轉過身去。
重逢後，光一直都用「你」稱呼我。
我也莫名覺得叫她名字很難為情，用「妳」稱呼她。
我知道光討厭被人這樣叫，卻開不了口叫她的名字。
「幹嘛，光？」
所以，我也跟她一樣，時隔一年刻意呼喚她的名字。
「回家路上小心。」
光沒有看我。她微微低著頭這麼說，泛紅的臉頰大概是尚未退去的酒意使然。
抑或是——
「嗯，謝謝。晚安。」

第七話　交友軟體是戀愛戰爭。

「藤谷，一之瀨，你們可以下班了。」
「小翔，要不要喝一杯？」
緣司做出拿著啤酒杯喝酒的動作指向吧檯。
天還沒暗，這家咖啡廳又沒賣啤酒，因此他指的應該是咖啡。
我們換回便服，並肩坐在吧檯。
拿作為員工餐的三明治當午餐，搭配這家店最暢銷的咖啡。
「你冬天喝冰咖啡啊？」
「夏天才喝熱的。」
「通常不是反過來嗎……？你好奇怪。」
「小翔沒資格說我。你把薯餅叫成薯板耶，超怪的。」
「哪裡奇怪。那是世界共通語言。」

「外國人怎麼可能大喊：『請給我薯板！』」

緣司吃完三明治喝了口咖啡，打開Connect。

「最近過得怎麼樣？跟前女友和初音同學……或者新認識的人有進展嗎？」

初音心，心露小姐的本名。很適合她。

她也跟我說過本名，可是我依然叫她心露小姐。她也還在叫我阿祥先生。

心露小姐跟我和緣司兩人同校，因為其美貌的關係被當成女神看待，本人則誤以為大家在躲她……

「沒認識新對象。跟初音同學出門過一次，下星期還有約。」

為了避免緣司誤會，我用姓氏稱呼心露小姐。

得知我和心露小姐的近況，緣司稍微鼓起臉頰。

「那是什麼表情？你在生氣嗎？」

「沒有啊～我知道你和初音同學每天都會一起吃飯～」

「那你在生什麼氣？」

「沒有啊！」

就叫你不要擺出那種傲嬌女主角的態度了。我沒興趣跟男人上演戀愛喜劇。

「前女友呢？」

「啊——之前約出來還傘，然後一起吃飯……在被你放鴿子那天跟她巧遇，又吃了一頓飯。放我鴿子的代價可是很大的喔。」

「真的非常抱歉。不過託我的福，你才有機會跟前女友吃飯耶？」

「我、我又不想跟她吃飯……」

「好好好，你這傲嬌。」

「我不是傲嬌！」

緣司喝了口咖啡，輕聲嘆息。

「我好羨慕你。」

「羨慕什麼？」

「過了一年還不會降溫的愛，很了不起。明明你們那麼久沒見了。」

確實，儘管我還只有二十歲，我覺得我不會有比光更喜歡的人。

「我也好想真心喜歡上一個人看看。」

「之前聊到的女生呢？」

「嗯，我們相處得還不錯，我也跟她約好下星期要見面。你和初音同學是約在星期

六嗎？」

「你怎麼知道？」

「你星期日有排班，平日要上課吧？」

你怎麼知道我的班表？連我自己都不記得。

「我也是約星期六，我們一樣呢。我打算去三宮的咖啡廳。」

「這樣啊。我還沒決定。」

星期六到來前的這段時間，我跟心露小姐還是每天都會見面。我們平日會在食堂邊吃邊聊，我打算到時候再討論星期六的行程。

「這樣啊～我想也是。小翔每天都會跟初音同學一起吃飯，到時候再決定就行了。跟她吃飯比跟我吃飯更重要嘛。」

「你在生什麼氣啊，好噁。」

「好過分！」

起初連話都講不好的心露小姐，如今變得比我還要愛說話。

『阿祥先生喜歡穿什麼衣服的女生？』

還會跟我用ＬＩＮＥ聊天，而不是侷限在Connect內。

個人簡介用蛋包飯當照片的我，配對數本來就少到不行，所以我現在也不太常打開Connect了。

頂多只會開來重看跟光的聊天紀錄。

儘管一度決定要斬斷舊情，聽見那種夢話，害我產生了我們說不定有機會復合的渺小希望。

可是，我已經下定決心。

而且，復合又沒有容易到說一句對不起就能重修舊好。

畢竟我們之間還有一年份的空白。

『沒有特別的喜好耶。我認為男生都會喜歡妳的服裝風格。』

為什麼要問這個？

她不相信自己的服裝品味嗎？

我覺得心露小姐的穿衣風格清純又有品味，男生普遍都會喜歡。

從客觀角度來看一定也是如此，與我的喜好無關。

『真的嗎！我好高興。那麼星期六的約會，我也會努力打扮！』

心露小姐——不如說大部分的大學生，上學時基本上比較常穿休閒風的服裝。

或許是因為這樣，在學校以外的地方跟心露小姐見面時，她的氣質截然不同。

她該不會為了見我，特地打扮過吧？我沒有這麼噁心的想法。

因為對方可是校內的名人，是女神。

心露小姐純粹是想改善怕生的毛病，才找比其他人好說話一點的我幫忙。

在澈底斬斷對光的留戀前，不能跟心露小姐談戀愛。快點忘掉她吧。

『我好期待那一天。』

『我也是。』

＊

『如果妳有空，下星期六要不要一起吃晚餐？之前我放妳鴿子，希望妳能讓我請客賠罪。』

透過交友軟體吃過一次飯的男人傳來訊息。

我和翔一起去喝酒的契機，是因為被放了鴿子。當天我過得很開心。

不是因為喜歡翔才開心。純粹是吃到美味的餐點、喝到美味的酒，又有個跟我認識的時間僅次於家人的傢伙陪伴。

我並不是喜歡翔，但他很懂我。

明明只是長得有點帥，平常冷淡到不行，我難過的時候卻會立刻發現，他對我很溫柔，我做的菜再難吃，他都絕對會吃光，是個平凡的男人。

撐過空虛無聊的平日，時間來到星期六。

平常我會去咖啡廳打工，今天則碰巧沒有排班，碰巧要跟約我吃飯的帥哥約會。

我們約中午見面，去完咖啡廳後他好像會請我吃壽司，作為臨時爽約的賠禮。

「讓你久等了。」

「啊，早安，明莉！」

那個帥哥宛如忠犬一樣站在車站等我且四處張望，一看到我就帶著燦爛的笑容跑了過來。

他是怎樣？好可愛。

這就是俗稱的犬系男吧。

我照顧傲慢的貓系男友那麼多年，所以覺得很新鮮。

「那我們走吧！」

「嗯。」

貼心的舉動、講話方式、出眾的外貌，以及甜言蜜語。

感覺得到這是經過計算，會讓自己受歡迎的行為。連在他面前的我，都無法分辨這是演技還是真正的個性。

這男人絕對很受歡迎。

所以才要格外留意。

受歡迎的男性玩交友軟體找對象的理由，絕大部分是為了約砲。

等我斬斷對前男友的留戀，親手──不對，親口吃到壽司時，他應該就會露出本性了。肯定會約我去開房間……

「這家店很漂亮對吧～朋友跟我說這裡的蛋包飯很好吃。」

他帶我去的，是我跟翔去過好幾次的咖啡廳。

重逢的那一天也是來這家店。

我既懷念又高興，沒想到還能再跟他一起來。

「妳來過這裡嗎？」

不曉得從什麼時候開始，我會去思考活著到底哪裡開心。我並不是得了憂鬱症。

只是隱隱有種「人生到底是什麼」的感覺。

和翔重逢的那一天我發現到，我的日常因為他而有了顏色。

做什麼都很無聊，是因為翔不在身邊。

「來過好幾次。」

「這樣啊。呿～還以為好不容易找到一家沒人知道的好店～」

「知道這家店的人確實不多，像我就沒幾個朋友知道。乍看之下似乎看不出這是一家咖啡廳。」

「啊～從外面看確實像一座叢林。」

我拿湯匙挖了口蛋包飯送入口中。

很好吃。可是，少了點什麼。

不知道翔現在在幹嘛。

＊

星期六天氣很好。

今天要跟心露小姐約會。

我們第二次在校外見面。

今天的約會行程是在三宮站會合，轉乘港灣人工島線，移動到離市中心有段距離的港灣人工島。

去港灣人工島的運動中心溜冰。

心露小姐似乎從小就在學溜冰，技術還不錯，因此為了改善運動不足的問題，我便請她教我。

「阿祥先森……！」

溜冰時穿褲子好像是常識。

從驗票口朝我跑過來的是身穿長褲，而非平常的裙子或連身裙這種少女服裝的心露……小卷。

她還是有五分之一的機率會吃螺絲。

尤其是ㄓㄔㄕㄖ（zh ch sh r）。她吃螺絲的時候大多是這四個聲母的音。

「早安，心露小姐。」

「找找、找灣……！」

撤回前言。有三分之二的機率吃螺絲。ㄓ(zh)ㄔ(ch)ㄕ(sh)ㄖ(r)和ㄗ(z)ㄘ(c)ㄙ(s)，她好像都不太會唸。

「那我們去轉乘港灣人工島線吧。」

「好的！」

我們從ＪＲ三宮站搭乘手扶梯上樓，轉乘港灣人工島線。

港灣人工島是神戶港內的人工島，當地人會親切地簡稱它為港島。

那裡有ＵＣＣ咖啡博物館和神戶動物王國等適合約會的娛樂設施，相當受歡迎。

我個人則喜歡從港灣人工島北公園欣賞晚上被燈光照亮的神戶大橋。

我們搭乘港灣人工島線，於市民廣場站下車。

運動中心在前方不遠處。

溜冰時必須戴手套。

除了單純是因為冷，也要避免滑倒時被溜冰鞋鞋底的刀片割到手。

心露小姐事前提醒過，因此我記得要把手套帶過來。

運動中心裡也有販售手套，供忘記帶手套的人購買。

也不能忘記要穿方便活動的衣服。

然後，最後是溜冰鞋……

「這什麼情況？搞不懂要怎麼繫……」

因為聽說溜冰鞋的鞋帶很難繫，我昨天還特地看了教人繫鞋帶的影片，卻仍然一頭霧水。

實際繫起來跟看影片完全不一樣。

可是，我家又不可能有溜冰鞋。

「怎麼辦……」

這裡有更衣室可以用來換溜冰鞋，或是供人另外更換方便活動的衣服使用。

我將東西放進置物櫃，準備換溜冰鞋，但這樣下去會害心露小姐等很久。

乖乖放棄，問心露小姐怎麼繫吧。

沒辦法，我只好拎著鞋子走到溜冰場旁邊。

心露小姐已經換好溜冰鞋，擔心地看著男更衣室的門口。

「啊，果然繫不好嗎……」

看來我被當成再怎麼掙扎也繫不好鞋帶的人了。

「唉呀～我明明預習過了。」

「我也花了五天左右才記住繫法。」

記得心露小姐說她學溜冰的時候年僅小一……

「你先坐下來一下。」

「咦？好的。」

我聽從她的指示，坐到附近的長椅上。

心露小姐蹲在我面前，碰觸我的腿。

「咦？」

「請把腳抬起來。」

「啊……」

腦中差點浮現奇怪的妄想，但她只是想幫我繫鞋帶的樣子。

她說她怕生，卻不會排斥這種不經意的身體接觸，真希望她手下留情。

我會心跳加速。

「繩子要繞到腳踝的部分繫緊，防止扭到腳。」

她熟練地幫我穿線、繫緊。

纖細雪白的手指跟平常不同，看起來有點結實。

「繫好了！」

「謝謝妳。」

「不客氣。好了，我們走吧！你可以抓著我！」

溜冰鞋只有鞋底的刀片部分會接觸到地面，因此難以維持平衡，不是站在冰上也會摔倒。

我這輩子第一次穿溜冰鞋，即使被當成不會走路的小嬰兒，也沒臉說：「不要管我，我會不好意思。」

「溜冰場比想像中還滑，請小心。」

「好的，我會注意……哇！」

腳一踩在滑溜溜的溜冰場上，就開始不聽使喚。我突然抓住心露小姐的手臂。

「阿、阿祥先生，請你冷靜一點！」

「喔、喔、喔！我很冷、啊！」

於是，注意的結果就是一屁股摔在冰冷的溜冰場上。

「對不起，把妳牽扯進來了。」

「不會，如果我有扶好你，就不會發生這種事……」

明顯是我的失誤，心露小姐卻把責任攬到自己身上。

心露小姐被我拉著倒向前方，現在壓在我身上。

然後，不用想都知道，發現這件事的心露小姐會做出什麼樣的反應。

「啊哇哇哇……！」

她跟剛才的我一樣手腳大亂，彈向後方跟我拉開距離，著急地揮動雙手……

「好痛！」

跌坐在地。

「……」

「……呵呵！我們都……」

「跌倒了呢，哈哈哈。」

我們都坐在地上，目光交錯。

儘管一開始就不小心跌倒，看她在我面前忍不住笑出來的模樣，心露小姐似乎挺開心的樣子。

之後我花了大約一小時扶著牆壁練習溜冰，進步到自己一個人也站得穩的程度。

我放開牆壁，在長三十公尺寬六十公尺的溜冰場上滑行。

雖然速度還很緩慢，我確實靠著自己的力量前進。

「阿祥先生，你好厲害！你已經會自己溜冰了！」

「啊唔啊唔！」

我的注意力統統集中在下半身，無法正常交談。因為太專注的關係，不小心用海象語回應心露小姐。

心露小姐看了噗哧一笑，滑到我面前牽著我的手。

「阿祥先生，請你變成企鵝，而不是海象。剛開始不用滑的也沒關係，練習跟企鵝一樣用外八的姿勢走路，一步步前進吧。」

起初她教我企鵝走路法。

穩定度確實大幅提升。

光學會這樣走路，應該就不會摔倒。

「然後等你習慣後，維持那個姿勢滑行。膝蓋稍微彎曲，至於身體的重心，我想想……放在大拇指根部附近。」

我聽從心露小姐的指示，姿勢又變得更穩了，還有辦法在冰上滑行。

「心露小姐！我正在溜冰！」

「是的，你做得很好。那我要放手嘍。」

倒退滑行的心露小姐慢慢放開我的手，維持倒溜的姿勢越滑越遠。

我照她所說，不慌不忙地緩慢前進。

順利滑完一圈後，暫時扶著牆壁休息。

有種從無人島生還的安心感。

不過這只是譬喻，我沒在無人島遇難過。

「阿祥先生，你真的好厲害。我第五天才有辦法不扶著牆壁。」

當時妳只是小學生吧？還有第五天妳未免進步太多，是觸發了什麼覺醒事件嗎？

「休息一下好了，你累了吧？」

才練一個多小時，再怎麼缺乏運動，我好歹是個年輕人。

這麼點運動量哪能喊累——我很想這麼說，不過說實話，我的腿一直在發抖。

「明天絕對會肌肉痠痛……」

「對呀。光是站著就會用到平常不會使用的肌肉，第一次溜冰的人隔天普遍會走不了路。」

她笑咪咪地說了很恐怖的話。

明天要去打工，但我搞不好會動彈不得……

把事情全丟給緣司，我乖乖坐著吧。

我按摩著疲憊的雙腿，心露小姐則在我面前興奮地注視溜冰場。

「妳可以去溜冰，我待在這邊看。」

「真的嗎……！」

她大概一直在為了我而忍耐。

心露小姐用我從未見過的靈活動作前往溜冰場。

「她一定很想溜冰吧……」

踩進溜冰場的瞬間，她壓抑住興奮的情緒慢慢滑行。

一方面要防止自己滑倒，另一方面則要避免干擾其他在溜冰的人。

心露小姐進入溜冰場，先沿著跑道滑了一圈。

速度遠比我滑一圈的速度還要快，不像我是「好不容易滑了一圈」，心露小姐那熟練又穩定的動作，感覺更接近「先滑一圈再說」。

不過滑完一圈後，她一口氣脫離橢圓形的路線，滑向沒有任何人的中央。

自在地在溜冰場上躍動、舞動。

一下跳躍，一下旋轉，只在電視上看過的景色於眼前上演。

單看影片，我從以前就一直無法理解花滑選手的厲害之處。

不過實際滑過就能明白感受到：

在冰上跳躍有多麼困難。

為了在冰上旋轉，要練習多久的時間。

光是向後滑就夠難了，只靠溜冰就能迷住觀眾，到底有多令人感動。

「小哥，你女朋友真厲害～」

「咦……啊，是的。」

這句話出自不認識的大叔口中。他應該是這裡的客人。

我覺得沒必要特地否認她是我女友，總之先點頭再說。

滑了一段時間，心露小姐發現自己引來眾人的注目，羞紅了臉慢慢地滑向我這邊。

「我做了什麼嗎……？大家都在看我……」

她說著無雙系輕小說主角的臺詞坐到我旁邊。把我當成牆壁擋住自己，大概是無意間的行為。

她的手碰到我的背，感覺得出她在微微顫抖。

「我覺得是因為妳很美，大家都看呆了。」

「美美美美……！」

此話一出，我才意識到這樣講只會害她更慌張，可惜來不及了，心露小姐的頭頂冒出蒸氣。

「心露小姐！妳冒煙了！」

「啊、啊嗚嗚……」

現在的室溫照理說只有十度左右，妳怎麼有辦法冒煙？

「來，我陪妳一起溜冰吧。」

「好、好的……」

我一牽起她的手，心露小姐便展露笑容，看起來有點高興。她其實很想溜冰吧。

不過一走進溜冰場，當然就換成我被她牽著了……

之後我們又滑了約三小時，營業時間結束時，我已經練到一個人也能溜得很順。

「小哥，你今天第一次溜冰嗎？」

「是的。」

是剛才那個跟我搭話的大叔。

旁邊的心露小姐臉上寫著：「誰呀？阿祥先生認識他嗎？」

「第一次溜冰就進步得這麼快，是因為女朋友教得好嗎！」

「嘎嘎嘎……！」

「啊——！」

當時不該隨便回話。

心露小姐發出如同故障機器的聲音。

我也沒料到這個大叔會當著我們的面講這種話，頓時驚慌失措。

我試圖蓋過大叔的聲音，可惜心露小姐已經聽見，我無力回天。

「啊，抱歉，我說錯話了嗎？」

「不會，沒關係。」

趁心露小姐不在的時候說她是我女友，好丟臉。我只是懶得解開大叔的誤會，沒想到會演變成這種情況，丟臉死了。

大叔把氣氛搞僵就閃人了，那個混帳東西。

我和心露小姐穿著溜冰鞋用冰刀走路，分頭進入更衣室。

我們約好在更衣室換完鞋子後，於櫃檯碰面。

更衣室有點冷，我朝凍紅的指尖哈氣。當我用變暖的手滑開放在置物櫃裡的智慧型手機後，收到兩則ＬＩＮＥ的通知。

『阿司傳送了一則訊息。』

顯示在螢幕上的那行字下方，還有另一則通知。

『阿司傳送了一張圖片。』

「圖片……？」

我心想：「反正八成是無聊的事。」然後想起緣司今天也要跟在Connect上認識的女生約會。

我打開ＬＩＮＥ，點擊笑咪咪地拿著咖啡的頭像，閱讀緣司傳來的訊息。

「咦……」

他傳的訊息沒什麼大不了，是他總會自動傳來的近況報告。

『你看、你看！我來你說的那家賣蛋包飯的咖啡廳了！』

不過，他附的照片中，蛋包飯後面——跟我以前送給光的托特包屬於同款。

『緣司，你約的女生呢？』

『拍這張照片的時候去洗手間了！現在在我旁邊。』

不會吧，有這麼巧嗎——？

『對方是什麼樣的人？』
『是個好女孩。我要不要認真點呢——』
我想問的不是這個。
緣司喜歡和人相處，尤其是去咖啡廳、去美術館和看電影。他說他下載Connect的原因，就是興趣跟女生比較合，想要多認識點朋友。
但緣司是個帥哥，還很懂女人心。
即使他沒有那個意思，女孩子也會迷上他。
假如他真心想追求一個人……
我在智慧型手機裡輸入『妳在哪裡？』，又把訊息刪掉。
就算他的約會對象是光，那又怎麼樣？
事到如今，妨礙前任的新戀情有何意義？
我已經跟光分手，決定尋找新對象。
而且光也說她有新對象了。
雖說跟戀愛不太一樣，我現在也正在跟心露小姐約會。
我關掉智慧型手機，前往櫃檯。

不能再讓心露小姐等下去。

而且只是同一款托特包而已。那個牌子很受歡迎，並不罕見。

「讓妳久等了。」

「不會，我也才剛到。」

我們默默走出溜冰場，走去車站搭乘港灣人工島線。

因為剛才的意外，氣氛變得有點尷尬，只聽得見腳步聲和電車行駛的聲音。

「那個……阿祥先生。」

「……請說。」

「我們被誤會了呢。」

「咦？」

對喔。

在那個狀況下，心露小姐只會覺得我們被誤認成情侶。

那我根本用不著尷尬嘛……

「我們看起來像情侶嗎……我這種人，看起來像你這麼優秀的人的女朋友……」

「別這樣說，我覺得心露小姐很有魅力。」

這不是客套話。

這幾十天的時間，平日我們每天都一起吃午餐，約會過兩次。

我自認已經非常了解心露小姐的個性。

她實在不適合「我這種人」一詞。

「我好高興。託阿祥先生的福，我才有辦法改變，最近還敢看著正前方走路了。我本來有一點駝背，是你讓我改掉的……那個……所以……希望你以後也能繼續跟我友好地相處……」

的確，跟第一次見面時比起來，看得出來她變了。但我感覺到的是內在的部分。

我並不覺得她會駝背，不過經常感覺得到她變得比較會笑了。

「如果妳不嫌棄，當然沒問題。」

「謝謝你……那麼接下來要去哪裡呢？」

經她這麼一問，我腦海浮現緣司剛剛傳的訊息。

我知道心露小姐指的是晚餐。我立刻驅散雜念，打開智慧型手機想要搜尋餐廳。

「……啊。」

「怎麼了？」

「沒事……」

緣司傳訊息來了。

不用打開，等等再看就行了。大腦明明這麼想，手指卻反射性地點開訊息。

『看，很可愛吧？』

訊息附帶一張照片，是緣司和光的合照。

果然是光。

緣司還是老樣子笑咪咪的，光的笑容則有點僵硬，讓人覺得是裝出來的。

『你們在哪裡？』

『你之前想約我去的壽司店～剛進去。』

我知道那家店的位置。

搭乘港灣人工島線到三宮站，跑步十分鐘內就能到。

不過，我現在正在跟心露小姐約會——

「有急事嗎？」

心露小姐似乎察覺到了我的異狀，開口詢問。

「我必須去一個地方……」

中斷約會跑去見其他女人，我很清楚這是天理難容的行為。可是，我得搞清楚自己的心意。

尚未斬斷對光的留戀就跟心露小姐約會，太虛偽了。即使心露小姐對我沒有那個意思，我們可是年過二十的成年人。

懷著對前任的舊情，跟她維持不能說是純友誼的關係，有種在欺騙她的感覺，讓我有罪惡感。所以——

「去吧。趕時間的話，快點上車比較好！我走得很慢，你可以先走！」

「呃，不過……」

「快點。請把你的心情好好整理一下。」

彷彿看穿我內心的這句話，令我大吃一驚。

心露小姐什麼都沒問，聲音好像還有點在顫抖。

「我們星期一學校見吧。」

「對不起，謝謝妳……」

她推了推我的背，催促我跑向車站。

臉上帶著前所未見的燦爛笑容，明顯是硬裝出來的。

*

我從以前就一直不擅長跟人交流。

起因在於小學一年級時，在剛離開幼稚園、周圍全是陌生人的環境中，我交不到朋友且遭到孤立。

我從那個時候就很怕生，其他人因為我蓋住眼睛的瀏海、挺不直的背和軟弱無力的聲音，說了很多「好像鬼」、「好像老婆婆」這種傷人的話，國文課我連課文都朗讀不好，一天到晚被班上的男生嘲笑。

小學畢業時，我成了被霸凌的孩子。

升上國中後，要成為新的自己。

雖然做了這個決定，我這個人陰沉了六年，不可能說改變就改變。

跟小學一樣，國中三年的學校生活，我仍然孤單地度過。

我煩惱了很久該怎麼做才能改變，卻毫無頭緒，也沒有人可以求助。

假如我有個好朋友，他會給我建議嗎？

升上高中時，我已經習慣孤獨了。

這很正常。

小學加國中，合計九年。

九年來都孤身一人，遲早會習慣。

可是，我並不想繼續孤單下去，一直很空虛……

「那個，妳掉了東西。」

他的聲音宛如一滴水，落進我乾涸的心中。

「啊、啊……」

我沒跟家人以外的人正常交談過，一時之間反應不過來。

「啊，對不起。今天要考試，我還對妳說『掉了』。但我撿起來了，妳放心。」

不是的。我只是很高興，只是不習慣跟人說話——

「再見。」

「……等——」

等一下。我不知道自己為何要叫住他，叫住他之後又能怎麼樣。

是乾涸的心得到滋潤的感覺讓我太高興，希望他能再滋潤我嗎？

數小時後，我得到了答案。

考完大學入學考，排隊等公車回家時。

在等待公車到站的這段空檔，我望向周圍的人。

從小到大都沒朋友的我，養成了一個一有空就會觀察人類的習慣。不過，這個時候不一樣。

我在尋找。

下意識在尋找他的身影。

他應該跟我同時間考完，所以出現在這裡並不奇怪。

我們會上同一所大學嗎？希望會。不知為何，明明今天才見過面，明明我跟他沒講過幾句話，卻好在意那個人。

「咦？妳是早上那個女生。」

「呀！」

背後突然傳來聲音，害我嚇得發出怪聲。

「在等公車嗎？」

是的。

想要這麼回答，卻發不出聲音。

必須對他說。

說什麼？

「是的」。

不對。

那要說什麼？

我獨自陷入糾結，思考想說的話。

這段期間，公車不知何時已經停在面前，開著車門催促我上車。

「……謝謝尼！」

絞盡腦汁，道謝的話語終於擠出口中。

我留下這句話逃進公車。

其實我想多跟你聊幾句。

其實我想跟你當朋友。

不過，幸好有向你傳達早上你幫我撿起手帕時，說不出口的謝意。

如果有機會再見，下次我們能成為朋友嗎？

還會再見嗎？

我順利考上了大學，迎來開學典禮。

數不清的人聚在一起拉新生加入社團或同好會，不停跟我搭話。

「同學、同學～妳對網球有沒有興趣？有很多帥哥學長喔～」

「對不幾！」

說出來了。

成功拒絕了。

我可以跟人對話。

我從人潮中鑽出來，逃到不會被人纏上的安全地帶。

那裡有座養著鯉魚的小池塘，裡面傳來湍急的水流聲。

眼前有五個金頭髮的男生圍在一起聊天，我根本無法靠近。

可是回去又會被纏上。

怎麼辦……

「妳是新生對吧？要不要加入我們的同好會？」

「喂喂喂，別找那種土氣女啦。」

他們圍住我接著說：

「咦？但她其實長得挺可愛的耶？」

「臉都被瀏海擋住嘍。」

怎麼辦？得趕快逃掉。

但是我的腿在發抖，不聽使喚。

在令人絕望的狀況下，我聽見水珠滴落的聲音。

我沒聽錯。確實聽到了。

「咦？妳該不會是——」

水聲響起的同時，考試那天遇見的他從背後呼喚我。

「果然是妳！好久不見！」

「啊、啊……」

他從縫隙間擠進來牽起我的手，直接將我帶離這群可怕男生的身邊——

「我看氣氛不太對，就把妳帶走了，妳會介意嗎？」

這是少女漫畫或愛情電視劇中常見的劇情。

真的有人會被捲入這麼老套的事件嗎？而且幫助我脫離困境的，竟然是我一直想見的人。

「謝、謝謝你……」

沒有吃螺絲。

我卻拔腿就逃。

因為我不小心看見了。

他右手拿著的智慧型手機，桌面是他跟可愛女生的合照。

我就知道，像他這麼有魅力的人，有女朋友也不奇怪。

而且還是那麼可愛的女生。

比我這種人更適合他。

不過，還是有點不甘心。

因為目前遇到的人當中，能夠滋潤我的人——

只有他一個。

跟少女漫畫一樣，美好的邂逅總是突如其來。

未來有可能再遇到像他那麼出色的人，所以我不能一直這樣下去。

我要變得更好。

要改變自己才行。

我做了許多努力，讓外表跟內在變得更加可愛。

故意留長避免跟人直視的瀏海、一直低著頭的姿勢，以及無法正常跟人交流的溝通能力，統統要改掉。

我鼓起勇氣，去理髮廳修剪從小到大都讓媽媽幫忙剪的頭髮，感覺好了一些。

瀏海也請設計師剪短到不會遮住眼睛。

再請美容師指導我各種化妝方式，看影片努力練習。

至於姿勢，我靠著做重訓改善不少，稍微有了自信。

唯有溝通能力找不到練習對象，使我陷入苦戰。

學會跟常去的便利商店店員說：「麻煩你了。」「謝謝。」學會主動向總是跟我打招呼的鄰居老奶奶問好。

剛開始雖然很困難，我一直在慢慢進步。

入學經過一年，升上大二時。

我發現自己只會和認識的人練習說話，完全無法跟初次見面的人交流，便進入下一個階段。

那就是交友軟體。

只要跟更多人交流，肯定能改善怕生的毛病。

思及此，我便試著安裝了交友軟體。

有機會的話，也想和人談戀愛。

我一直以來都對戀愛抱持強烈的憧憬。

喜歡少女漫畫和愛情電視劇，但我不僅在小學和國中，甚至連在高中都沒半個朋友，與戀愛完全無緣。

因此，我要尋找像他一樣有魅力的人。

儘管配對到了許多人，可是一旦對方說想要見面，我就會緊張，拿現在很忙當藉口逃避。

某一天。

由於想跟多一點人聊天，對我按「讚」的人我統統會回「讚」。

就算對方的個人簡介用的照片是蛋包飯也一樣。

「妳該不會是心露小姐吧？」

有人突然跟我搭話。

是坐在我旁邊的男生。

那個男生是開學典禮時幫了我一把的人。

他似乎沒發現我是當時受他幫助的女生。

更令人在意的是，他用我在Connect上的暱稱叫我。

接著，我的智慧型手機收到了通知。上面寫著：「阿祥先生覺得您『讚』。」

沒錯，我在交友軟體上與他重逢了——

不對，不是他——是阿祥先生。

終於知道他的名字。終於認識他了。

Connect上的簡介，寫著他在大約一年前跟女友分手了。

既然如此，我說不定也有一絲機會。

只要努力變可愛，成為配得上他的女生——

不過為此，不能放過現在這個機會。

得找個理由，創造繼續跟他保持交流的契機。

「妳該不會想克服怕生，才開始用Connect吧？」

「是、是的……我一直……很想改掉怕生的個性，可是……好難喔……阿、阿祥先生呢……？」

只要此時開口拜託他。

拜託他當我的朋友，幫助我改掉這個毛病。

二十年沒朋友的我，卻連這句話都說不出口。

「這、這樣呀。有認識聊得來的人嗎？」

本來只是隨口詢問。

「遇到了前女友。」

是在開學典禮上看到的照片裡的女生。我不認為自己贏得了那麼可愛的女生，所以在交友軟體的個人簡介上得知阿祥先生分手時，我有點高興。儘管這樣想對他不太好意思就是了。

不過，阿祥先生聊到那位前女友時，笑容明顯是裝出來的，還開朗地把那件事當成笑話講。

他的模樣更讓我覺得他忘不了前女友。

「你對她沒有留戀嗎？」
「沒有啊。」
真後悔自己為什麼要忍不住問這個問題。
聽見留戀一詞，阿祥先生就露出彷彿凍住的悲傷神情，連不是當事人的我都知道，他的回答是騙人的。
阿祥先生到底對前女友抱持什麼樣的感情呢？
實在不像真的沒有留戀的樣子。
他明明有自覺，還告訴自己沒有留戀嗎？
或是沒發現自己忘不了前女友，無意間繼續喜歡著她？
無論如何，我都覺得自己沒有可乘之機。
「午安，心露小姐。」
「午、午安，阿祥先生。」
隔天他也主動跟我打招呼，陪我吃午餐。
因此，我決定今天一定要拿出勇氣。
「其、其實我有件事想麻煩阿祥先生。」

「什麼事？如果我幫得上忙，妳可以說說看。」

「你你你、你方便的話，可以像現在這樣陪我一起吃午餐，那、那個，陪我出去……嗎？午、午餐我當然費請客！啊、啊嗚……」

太好了，我說出來了。雖然沒說清楚。

對阿祥先生而言，說不定是麻煩的要求。

昨天才剛認識的女生，突然提出這種要求。

所以我想至少請他吃午餐，這樣等於是我買下了阿祥先生的時間。我以為只要想成這是要花時間陪我的打工，他就會接受。

「交友軟體上不是會有想約砲的可疑人士嗎？」

阿祥先生想了一下才如此回答。

「我也是男人，當然不例外。」

「是的……」

我當然知道。

網路上的文章教過，要小心配對成功後第一則訊息就是「見個面吧」或「要不要用LINE聊？」的人。

我不知道約砲的意思，自己查了一下，得知除了約砲，還會遇到奇怪的直銷或來宣傳的男公關等目的不在找戀愛對象的人。

「所以，妳最好再小心一點吧？我們只見過兩次面而已。」

「說得……也是。我們只見過兩次面。」

「……」

其實我們更早之前就見過面了。

阿祥先生始終沒注意到跟他在同一間教室的我。

我想他對我沒興趣。

可是，我不一樣。

從第一次見面的那天起，我就一直在追尋阿祥先生的身影。

因此，在他心中我是只見過兩次面的陌生女孩，對我而言卻並非如此。

我一直注視著阿祥先生，所以我知道。

你是會對陌生人伸出援手的溫柔男子。

「不過——我知道阿祥先生不是那麼過分的人。」

臉頰和身體好燙。

不用想都知道，我的臉現在一定紅透了。一想到這裡，我便覺得更加害臊，體溫逐漸升高。

「我明白了。不過妳不用請我吃飯，我想維持對等的關係。」

啊啊，果然。阿祥先生是個溫柔且有魅力的男性。

「等、等一架，你在笑什麼……！」

聽到我不小心吃螺絲，他捧腹大笑。

「哈哈！『等一架』，哈哈哈。」

看來以後的日子會常伴歡笑，我有點——不對，是非常期待。

這輩子，我第一次跟男生單獨出遊。

「讓你久等了……！」

「我也才剛到。」

我向他道歉，結果聽見少女漫畫中出現過的臺詞，心跳有點加速。

吃好看的餐點前記得先拍照。我實踐了在少女漫畫中學到的約會技巧，在我猶豫要買肉包還是芝麻球時，阿祥先生建議我可以兩種都買來分著吃，我真的好開心。

我們還在時尚的服裝店試戴眼鏡。

笑著詢問對方的感想。

阿祥先生為了幫我夾到娃娃，努力挑戰了好幾次夾娃娃機。儘管沒夾到，他有這份心意我就很高興了。

簡直像一對情侶，我感到幸福至極。

「這件針織衫感覺很適合您的女朋友呢～！」

也實際被人誤認為是一對情侶。

服裝店店員和髮型設計師都很愛跟客人聊天，所以我會害怕，唯有這個時候對店員產生了好感。

阿祥先生還帶我去了在我心中只有時髦又受歡迎的人才能去的星巴可。

我不小心把抹茶星冰爽講成摸摸茶星冰爽這種羞恥的名稱，但我還是珍惜地拿著那杯飲料，走到看得見海的地方。

真的好開心，好幸福。

「假如你有空，可以再跟我出來……約會嗎？」

我還鼓起勇氣使用了「約會」一詞。

阿祥先生和我不同，對約會一詞半點反應都沒有，我卻緊張得連自己的心跳聲都聽得見。

起初，我只把他當成沙漠中的綠洲。

如果他能跟我當朋友就好了。明明應該只是這樣的存在，等我發現時，已經一天到晚都在想阿祥先生了。

「我必須去一個地方……」

從溜冰場出來後，他的樣子有點不對勁。因此聽見他這麼說的時候，我有種不出所料的感覺。

他果然還忘不了前女友。

其實我想跟他相處久一點。

可是即使繼續在一起，阿祥先生也會無意間想起那個女生。

所以現在比起我的願望，希望他能整理好自己的心情，這樣他才不用那麼糾結。

即使他沒有選擇我，我也從阿祥先生身上獲得了許多東西，光是這樣就夠幸福了。

「對不起，謝謝妳……」

最後我笑著推了推阿祥先生的背。

做決定的人是他，我會尊重他的答案。

我這麼下定決心目送他離去，有種胸口揪緊的感覺——

第八話　在交友軟體上順利與前任重逢了。

今天是我跟在交友軟體上認識的帥哥的第二次約會。

第一次他約我吃午餐，結果被放了鴿子。

他說要向我賠罪，約我今天去咖啡廳吃午餐，晚餐還會請我吃壽司。

有人要請吃壽司，當然沒道理拒絕。

而且，我覺得我必須忘記他了。

因為翔已經有了新對象。如果我更早跟他道歉，或許就不會變成這樣。可是我不敢主動接近他，翔也不可能這麼做。

「咦？要去這家店嗎？」

那位帥哥帶我來到我跟翔常去的咖啡廳。

「這家店很漂亮對吧～朋友跟我說這裡的蛋包飯很好吃。妳來過這裡嗎？」

「來過好幾次。」

「這樣啊。呿～還以為好不容易找到一家沒人知道的好店～」

「知道這家店的人確實不多，像我就沒幾個朋友知道。乍看之下似乎看不出這是一家咖啡廳。」

「啊～從外面看確實像一座叢林。」

他說的朋友說不定是翔。我滿腦子都是翔，甚至產生這種愚蠢的猜測。

即使我是這樣，但翔不一樣。

因為我對他態度太差，他早就跟其他人……配對成功的同校女生培養出感情了吧。

都是因為我拖拖拉拉。

「明莉從來沒叫過我的名字呢。該不會忘記了吧？」

沒有忘。只是沒機會叫。

再說，我本來就不常叫別人名字。

只有在對對方有興趣或找對方有事時才會叫名字。

實際上，以前我都這麼做。

然後現在亦然。

我在這個男人身上，感覺不太到異性的魅力。

他沒有不好，反而是個好男人。只不過，我心中的位置全被翔獨占了——

「記得啊，你叫緣司對吧？」

緣司露出小狗般的可愛笑容撩起頭髮。

「太好了、太好了。我對妳很感興趣，所以我很高興妳願意叫我名字。」

「喔，嗯。」

他會誇我可愛，會說對我感興趣，卻絕對不會更進一步地說喜歡我。

至今以來，我深入交流過的只有翔那種彷彿從冰箱裡走出來的冷漠男，從未遇過這類型的男生。

他應該很受一般女生的歡迎。

即所謂的犬系男。

我卻不太擅長跟這類型的人打交道。而緣司大概也發現了。

明知如此，他仍舊維持犬系男的形象，全是不想讓我真的喜歡上他。

隨便玩玩，有上到床就行。他八成這樣想。

否則他才不會一直跟這麼難相處的我繼續有所關聯，也不會請我吃壽司。

沒有好處。

「順便問一下，你對我的哪個部分感興趣？我搞不清楚。」
「我想想喔……妳可能會覺得我動機不純，不過妳的長相挺符合我的喜好。服裝品味也不錯，我喜歡妳的穿搭風格。」
我的個性沒什麼特別，穿得像一般的大學生。至於長相，以緣司那張臉，想追到比我更可愛的女生也綽綽有餘。
「身材也很棒，髮質又好。」
「啊，別說了，我會害羞。」
「害羞的時候也很可愛喔～」
同樣的臺詞，由緣司說出口和由大叔說出口，感覺截然不同。
明明對他沒意思，卻會感到難為情。而且他又是個帥哥。
「對了，妳之後跟前男友還有聯絡嗎？」
瞞著緣司也沒用，這點我早就知道了。
不知為何，他彷彿能看穿別人的內心，誘使我說出一個又一個煩惱。然後，我現在的煩惱之前也不小心跟他說過一次。
「被你放鴿子的那一天，他好像也被人放鴿子的樣子，所以我們一起吃了晚餐，就這樣。」

「哦——那次真的很不好意思。」

「沒關係，我不怎麼介意。」

「可是竟然會跟前任一起吃飯，你們感情不錯嘛？」

「也沒有，只是剛好而已……」

「哦？」

我知道聽起來像在辯解。

緣司大概也察覺到了，沒有繼續追問。

想隱瞞什麼的時候都會被緣司發現，所以不能亂說話。

「久等了，幫兩位上餐。」

在店員送上蛋包飯之前，緣司一直在思考什麼事情的模樣，不過蛋包飯一上桌，他臉上就漾起笑容。

我在吃飯前去了一趟洗手間，回到座位時，緣司喜孜孜地在跟人傳ＬＩＮＥ。

「抱歉，你在等我嗎？開動吧。」

「嗯！我傳ＬＩＮＥ跟介紹這家店給我的朋友說我來了。」

他高興地看著手機，臉上是發自內心的笑容，跟之前那種有點假的表情不同。
看起來比跟我聊天的時候更開心。你喜歡的是那個朋友吧？
我吃完不知道吃過幾次的蛋包飯，緣司也滿意地享用飯後咖啡。
對了，翔喜歡喝咖啡。
他說過他在咖啡廳打工。記得緣司的個人簡介上也寫著他在咖啡廳打工。
「你也在咖啡廳打工對不對？」
「對啊，妳也是吧？」
「嗯。」
「剛才跟我傳ＬＩＮＥ的朋友，也在同一家咖啡廳打工喔。」
「這樣呀。」
那個朋友跟翔的相似處還真多……
我們離開咖啡廳，在三宮中心街閒晃、逛服飾店，消磨時間直到天黑。
到了晚上，我們走在有一堆居酒屋員工在拉客的街道上，尋找那家壽司店。
「找到了，就是這裡。」

店內是狹長型的，從門口往左邊看過去，看起來很死腦筋的師傅小聲地對我們說：

「歡迎光臨。」

這家店不是迴轉壽司，師傅看起來對品質很講究。感覺會端出午餐肉壽司，或者兩貫花枝壽司（註：出自日本搞笑團體千鳥的漫才段子〈很有個性的壽司店〉）。

跟師傅成對比的親切店員，帶領我們入座。

我看向就在旁邊的菜單，以正統壽司店而言意外地便宜，令人感到安心。

雖然今天緣司要請客，可是我萬萬沒想到他會帶我來正統的壽司店，是不是ＡＡ比較好……

「儘管吃沒關係，畢竟這頓飯是用來賠罪的。」

「謝謝，但我還是跟你說一下，我沒有生氣喔。」

「因為跟前男友吃到飯了？」

緣司奸笑著開口。原來他還會這樣調侃人。

「對啊，說實話我還忘不了他。所以我很慶幸見到了他，這樣才能整理心情。」

「意思是，妳不打算再聯絡他了？」

「……嗯。」

那樣才對。

因為我們早已分手，彼此現在都有聊得來的新對象。雖然我的對象是搞不懂他在想什麼的帥哥。

「這樣啊，妳真的沒關係嗎？」

「沒關係。一直忘不了他很噁心吧？」

「不會啦。我從來沒有真的喜歡過人，所以我很羨慕妳，也覺得這麼真摯的感情很動人。」

「是這樣嗎……」

他的語氣難得這麼強烈，總覺得我第一次聽見了緣司的真心話。

既然如此，緣司玩交友軟體的原因，或許不是想約砲。

純粹是想喜歡上某個人。

「壽司很好吃。謝謝你。」

「我才要道謝，跟妳一起吃飯很開心。」

我們走出開暖氣的店內，瞬間暴露在外面的冷空氣中。

假設緣司想要約砲，請對方吃正統壽司店會不會太不划算了？

他只是純粹對我有興趣嗎？

「欸，如果妳已經決定忘記前男友，要不要跟我交往看看？我會讓妳忘記他。」

緣司握住我的手。

最後一次牽我手的人是翔。

身為可愛系男生，緣司的手掌比想像中更厚實，和翔有點不同。他的手光滑柔嫩，摸起來相當舒服，可能是經常保養的關係。

「總之我們先散散步吧？」

他牽著我的手，從市街走到無人的街道。

這樣真的不好。

我心中還有翔的位置，並非真心想要忘記他。

可是，緣司並不壞。

他感覺是真的想談戀愛，只是沒喜歡過人。

既然如此，我是否也該為自己的心意做個了斷？

我停下被緣司拉著走的雙腿。

「對不起，緣司，我還是想確認一下自己的想法。」

緣司似乎憑這句話就明白了一切。他微微一笑地放開我的手，確認起智慧型手機。

「差不多了吧……」

他輕聲呢喃，我沒聽清楚他說的話，正想開口回問時，背後傳來著急的聲音。

「——光！」

*

我從小就喜歡獨處，不會特別交朋友，下課時間不是讀書就是睡覺，自願當一個邊緣人。

是光踏進了我的領域。

高一的時候，我們同班又坐在隔壁，所以光拚命找我聊天。

「欸，你是哪所國中的？」

起初我選擇無視。

可是，她好像以為我沒聽見，一直纏著我不放。

「欸，你是哪所國中的？」

「……」

「欸，你是哪——」

「聽得見啦。我哪所國中跟妳有關係嗎？」

我對她這麼冷淡，她不可能還來找我說話。以前遇過的人都是這樣，我以為光也會如此。

然而，未來的我會逐步認知到，光才不是那麼好打發的人。

「你在跩什麼啦！」

「……！」

用一句話形容，就是超出常理。

將自己覺得正確的做法貫徹到底。

將自己看不順眼的東西統統破壞。

校內的女生著迷於這樣子的她。

「喂，藤谷！你不是跑很快嗎？接力大賽幫忙當最後一棒啦！」

「我不要！一定會很累！」

「那你不要每天一看到我就死命逃跑！」

每天我們一見面就是吵架。跟現在一樣。

不過，我們的關係在高一校慶時突然產生變化。

我和光原本就都是不服輸的類型，無法坦率面對對方。

其實我們早就對對方有好感，連吵架都很愉快，每天都期待見面。

「羅密歐和茱麗葉要由誰演～？不用問了吧～！」

雖然我嘴上在制止大家，假裝生氣，心裡卻非常期待跟光一起做點什麼。

升上高中，我第一次交到這麼多朋友。

並非出於自願，都是光強迫我認識的。感覺比想像中來得好，現在大家也還是我重要的朋友。

於是，我們以那場話劇為契機開始交往。

之後每天都在一起，光說她要練習做菜，希望我幫忙試吃，天天做便當給我。

我誠心發誓不會做出輕率之舉。

我們雖然常吵架，次數跟交往前比起來逐漸減少，有時甚至會散發粉紅泡泡。

正因如此，一吵起來就會非常嚴重。

第一次大吵，是因為我在約會當天睡過頭。

除了那一天，我總是等人的那一方，因此我以為光會原諒我。錯就錯在我不該這麼輕浮。

「抱歉，我遲到了。走吧。」

「咦？就這樣……？我那麼期待，你卻遲到了……！」

「妳平常也都會遲到啊。」

不是的。

光確實會遲到。

然而那是因為她在用心化妝和弄頭髮，想要變可愛一點，不知不覺過了我們約好的時間。

我則是睡過頭。

還是睡回籠覺睡過頭。

同樣是遲到，感覺卻不一樣。

一個是因為喜歡而遲到，另一個則是被窩的誘惑勝過對對方的喜歡，因為睡過頭而遲到。

兩者天差地遠，感覺到差異的光一定很不好受。現在我能體會她的心情。

起初道歉時，老實說我沒什麼誠意。我心想反正光也會遲到。
可是後來我明白了光的感受，知道必須好好道歉，學會附上禮物向她賠罪。
愛情表現因人而異，我認為花費「金錢」、「時間」和「勞力」是很好的方式。
而這是跟光學來的。
「對不起，我睡過頭了。」
正值梅雨季的六月。
那個星期，光的傘在回家路上被強風吹壞。
所以我記得這件事。
我將在約會途中買的傘，送給悶悶不樂的光。
「給妳，妳的傘不是在這星期被吹壞了嗎？」
心意傳達到了。
幸好我努力找了適合光的傘。
光微笑著接過傘時，正好開始下雨。
「剛好！我馬上拿來用！謝謝你，翔！」
跟她重逢時，她還在用那把傘。

我很高興她依舊那麼珍惜它。

不知不覺交往了三年，我以為我們往後也會永遠在一起。

光在學校相當受歡迎，不分性別。

不少人明知道她有男友，還跑去跟她告白，覺得自己搞不好有機會。

與此同時，我也因為光的影響，變得比較常跟身邊的人接觸。

值得感激的是，至今以來與受歡迎三個字無緣的我，也有了被告白的經驗。

但我已經有光了。

我當然沒有答應，可是……

「喂，翔，你什麼意思！我朋友告訴我你偷偷跟學妹見面！」

那是我被告白的時候。

高中畢業、升上大學後，學妹有話想對我說，把我叫了出去，但說明情況等於在公開處刑鼓起勇氣向我告白的人，我不知道該不該通知光。

「你最近變得受歡迎了，找到比我更好的對象就要把我一腳踢開是吧！」

這種說法使我當場理智線斷裂。

明明只要講清楚就好，我卻忍不住怒吼回去。

「妳才是，其實妳已經找到更好的對象了吧！」
性格倔強的我們絲毫沒有讓步。
當時不像高中那樣，身邊有願意阻止我們且代替我們說出真心話的朋友。
雙方吵得越來越激烈，說了很多不該說的話，也聽了很多。
「我本來就只是因為校慶的氣氛才跟你交往！就算你劈腿我也不痛不癢！」
若真的只是校慶的氣氛使然，不可能維持三年。
用點腦就會明白。
我卻想跟她鬥嘴。
「我也是！每天都要吃妳做的難吃便當，超痛苦的！」
我知道自己是個大爛人。
聽到這種話，光不可能不受傷。
「對——」
對不起，我說得太過分了。如果講得出這句話，搞不好我們現在還會在一起。
都是因為當時說不出口的短短一句話——
「算了——再見。」

光轉身就走，我不敢追上她，想著之後再用LINE道歉就好、講電話道歉就好，等等再說、回去再說、睡前再說、起床再說、明天再說、下星期再說，不斷拖延，以至於越來越難開口，等到回過神時，一年就過去了。

本以為再也回不去從前，我們卻因為一個偶然而重逢，哪能放過這個好機會。

所以，拜託要趕上。

就算她被其他人搶走，至少得為那一天的所作所為向她道歉。

*

緣司那傢伙明明就不在壽司店。

我搭乘港灣人工島線回到三宮站，前往緣司說的壽司店。

他說我們之前約好要一起去，我卻毫無印象。

純粹是緣司自己想去，我就說改天可以一起去看看。

可是，我記得當時緣司給我看的地址。

我邊跑邊回憶，走進那家壽司店，左手邊看起來很有個性的師傅小聲地對我說：

「歡迎光臨。」

但我不是來吃壽司的。

這家店設計成站在門口可以環視店內的構造，一眼即可看出緣司他們不在店內。

「跑去哪裡了啦……！」

一名活潑開朗、跟師傅的氣質成對比的大叔問我是不是要用餐，向他道歉後，我立刻離開店內。

剛拿出智慧型手機確認，不等我問他，緣司就主動傳來他的所在地。訊息裡頭寫著：『我們離開了，在神社後面散步──』

簡直就像在叫我過去。

緣司平常並不會這麼頻繁地傳訊息給我。

就算是因為我問了他在哪裡，未免太詳細了。

我不是第一天搞不懂緣司在想什麼，但他今天真的有點不對勁。

我在知名戀愛神社旁邊的道路看見ＨＯＴＥＬ五個字，有種不祥的預感。

想起緣司說過：「其實我最近認識了一個不錯的女生。」腦內的警鈴響得更大聲。

雖然前男友沒資格講這種話，我真的無法接受。

所以，在轉角處看見他們的瞬間，我忍不住喘著氣著急地呼喚她的名字。

「——光！」

「你怎麼會在這裡……？」

「這、這不重要吧？對了緣司，她是……」

「幹嘛？我正在約會，不要來礙事好不好？」

光不知所措，緣司的表情冷漠得判若兩人。

語氣也是前所未有的冰冷。

更重要的是，總是面帶笑容的緣司眉頭緊皺的模樣，實在太過異常——

「怎麼，小翔？你認識明莉嗎？」

看到光的反應，緣司察覺我和光認識，板著臉質問我。

一陣冷風在這時吹來，使得現在的狀況顯得更加異常。

「是我跟你提過好幾次的前女友。」

「原來如此。可是我搞不懂耶。」

他撩起瀏海嘆了口氣。

「你不是說過你對前女友沒有留戀了嗎？那麼我跟她約會你也沒資格抱怨吧？你們

已經沒關係了吧？」

——沒關係。

的確，我只是她的前男友，光是自己想跟緣司約會的。

或許沒有我介入的餘地。

「你說得沒錯……」

我無話可說，只能乖乖退讓。

假如我有勇氣告訴她我的真心，情況或許會不同。

分開長達一年，導致我更加排斥表明自身的想法，無聊的自尊心在妨礙我開口。

「可是……我不希望她被別人搶走。」

「這樣啊。那請明莉現在決定要選我還是你不就行了？對不對，明莉？」

不曉得光現在是什麼樣的心情。

她低頭聽著這段對話，一語不發。

「對前女友念念不忘的前男友和我，妳要選哪一個？」

這個用詞很不符合緣司的個性。

感覺像在演戲。不如說，我希望他在演戲。

因為這不是我認識的緣司。

「翔，我問你。」

粉紅色的日光燈照亮光的身影，看不出她現在的表情。不過，她用冷靜的聲音說：

「你喜歡我的哪些部分？」

突如其來的問題令我困惑不已。

這種問題，明明連交往時她都沒問過。

「怎麼突然問這個……」

「別管那麼多，快回答我。」

我試著回憶，浮現腦海的全是喜歡的部分，或者說是快樂的回憶。

「廚藝那麼爛，還是為了我努力做便當的部分。」

我吃過好幾次光做的菜。

儘管味道不怎麼樣，不如說挺難吃的，我還是很高興她每天都幫我做便當。

高興她特地早起幫我做便當。

「吃什麼看起來都很好吃的部分。」

所以，只要是跟光一起，去再便宜的家庭餐廳都能享受到高級餐廳的氣氛。

她會在你面前吃得津津有味，連自己的心情也會自然地變好。

「笑的時候會用雙手掩嘴的部分。」

不知不覺，我開始覺得她的每一個小習慣都好可愛。

「下樓梯時最後兩階會用跳的——」

「可、可以了！」

我發現自己彷彿在回顧每一天的回憶，瞬間害臊起來。

光也一副意想不到的樣子。自己要問我這種問題，卻羞得面紅耳赤。

「欸，你們在放閃給我看嗎？」

緣司傻眼地說。

「總、總之！緣司雖然常常誇我，幾乎都是在誇外表。翔會仔細觀察我，在了解我這個人的前提下喜歡上我。所以，如果要我在你們兩個之間選……」

「所以，妳這是想和小翔重修舊好的意思……？」

「這、這個嘛……！」

「小翔呢？」

「我、我……」

緊接著，前一秒嚇人的表情煙消雲散。

緣司臉上是一如往常的爽朗笑容。

「總之我被甩了，那我先走一步。時間也不早了，你要負責送明莉回家喔。」

緣司離開光的身邊，朝車站的方向邁步而出。

經過我旁邊時，他用光聽不見的微弱音量說：

「我幫你創造機會了，剩下你自己加油。」

聽見這句話，我終於理解一切。

不停跟我回報現在位置的異樣感，以及用不尋常的態度跟我說話，全是為了創造讓我和光和好的機會。

——為了設計這個情境。

不曉得他是什麼時候、怎麼發現明莉是我的前女友。以緣司的能耐，或許早就察覺到了。

畢竟這傢伙很敏銳。

「你……」

他背對著我朝我揮手，踏上歸途。

儼然是個英雄。

「好冷。」

緣司走掉後，只剩下我們兩個。鼻尖和手指凍得發紅的光就站在我面前，摩擦雙手取暖。

我一下就明白，那句話是用來緩解突然跟我兩人獨處的尷尬氣氛。

不意外。

畢竟她不久前才逼我說了一堆喜歡她的部分。但我也一樣，不久前才說了一堆喜歡她的部分。

而且還上演了「妳要選我還是選他」這種電視劇般的戲碼，仔細一想超丟臉的。緣司，給我滾回來喔。

「妳別誤會，那是以前喜歡的部分。我沒說現在還喜歡妳。」

「有夠爛的辯解。你就拿出男子氣概，乖乖承認吧。我那麼可愛，愛上我沒什麼好害羞的。」

「閉嘴，自戀女。」

「你才閉嘴，乖僻男。」

最近回暖了，再過不久就要入春。

話雖如此，晚上還是很冷。溫柔的我不可能忍心就這樣把光留在這裡。

所以，儘管我並不喜歡她……

「走吧，我送妳回家。」

「……謝謝。」

我們朝車站邁步而出。

在路上看到店家的招牌，刻意說出：「原來這裡有家ＫＴＶ啊——」裝作無知，費盡苦心試圖填補沉默。

「欸。」

「……幹嘛？」

「我很高興你過來找我。」

光別過頭，我沒聽見這句話。

「妳剛才說什麼？」

「可、可以不要讓我再說一次嗎？去把耳朵清乾淨啦！」

「是妳講話太小聲，害我聽不見吧！話說我有在清耳朵！一天會清一次！」

「那樣太頻繁了，笨蛋！」

「要妳管！罵人笨蛋的才是笨蛋！」

「這是小學生會講的話吧，臭小鬼！」

「妳才是小鬼！張開嘴巴就只會喊餓！」

「怎樣啦，你有意見嗎！肚子餓的時候喊餓又不會怎樣！你才是，竟然有人在約會途中說想睡覺，超扯的！去學學怎麼談戀愛吧！」

「擺什麼戀愛大師的架子！我是你的初戀耶！」

「啥～？我和你不同，是超受歡迎、經驗豐富的女人！哪像你根本沒人要！」

「啥～？我有人要好不好！超級搶手的！跟妳分手後我女朋友一個接一個換……」

「咦？你女朋友一個接一個換嗎？」

咦？妳經驗豐富嗎？」

經過短暫的沉默。

「「那不重要啦！」」

結果即使得到機會，我還是坦率不起來，又跟她吵架了。

可是，跟不久前剛重逢的我們比起來，或許有了一些改變。

證據就是，我們都用名字稱呼對方。

「——光。」

「……幹嘛？」

「妳做的便當雖然不好吃，我挺喜歡的。謝謝妳。」

「不好吃是多餘的。等著吧，我遲早會進步到讓你想花錢吃我做的菜。」

「那我勸妳最好先查一下飯要怎麼煮。妳煮的飯每次都黏黏的。」

「閉、閉嘴！」

「但我很喜歡黏黏的飯喔。哈哈！」

這樣就能為我那天說的話道歉，前進了一步。

「不、不要笑……我說我是因為校慶的氣氛才跟你交往，其實我那個時候是真的喜歡你。」

我們都抱持同樣的心情，簡直就像要延續那一天沒說完的話。

「別、別誤會，是『那個時候』。不要覺得我現在還喜歡你喔？噁心死了。」

「我才沒有。少自戀了，妳這個少了飽食中樞的女人。」

「你說什麼！閉嘴啦，少了道德心的男人！」

可是，進度比想像中來得慢。

我明明那麼努力，你們兩個再老實一點好不好……總覺得緣司在某處哀嘆。

終章 內向的女生偶爾也有積極的一面。

從容不迫地起床，優雅地享用早餐和咖啡。這樣的理想在想多睡一分鐘的願望面前宛如夢幻泡影，我跟被窩相親相愛到最後一刻。

我全速奔向學校，在無聊的課堂上抵抗侵襲而來的睡意。

終於撐到中午，在食堂跟緣司吃午餐。

下午還有課，沒課的話就去咖啡廳打工，大約在晚上八點回家。

接著寫作業、打掃房間、晾衣服……實際上則是碰都不碰作業，髒衣服也堆在那邊，最後直接拿去自助洗衣店。

放假不是去打工，就是陪緣司玩。

沒什麼特別的娛樂活動或興趣，有空就把作業晾在一邊睡懶覺。

自從一年前和光分手後，每天的生活都是這樣，無聊至極。

分手後我才意識到。跟光交往前，我是個對生活不抱期待的人。

而這樣的生活，最近有了變化。
契機在於緣司推薦我用的交友軟體Connect。
和在Connect上第一個配對到的明莉小姐聊天時，開心得像在跟光相處，每天起床第一件事，就是檢查有沒有來自明莉小姐的新訊息。
以前的我可是看了下時間，就會躺回床上睡回籠覺……
結果，那一天的情況緣司全跟我說了。
果然全是他設計的。他想讓我和光復合。
「所以，你和明莉之後有什麼進展嗎？」
在旁邊擦拭咖啡杯的緣司問。你明明早就看穿了，故意逼我說出口是吧？
「沒有任何變化。」
「啊啊──我就知道──小翔真沒用──」
沒有發生戲劇性的變化。
當然沒有復合，沒有變得跟交往時一樣親密，我也沒感覺到光對我的好感。
「可是──」
「……嗯？」

我們成了跟交往前的關係、交往時的關係、分手後的關係都不一樣的關係。

接受彼此的缺點，繼續保持交流。不是朋友，不是男友，跟前任也有點差異，純粹是相處起來很舒適，比任何人都還要了解彼此，所以可以互相理解的摯友般的關係。

「我們的感情好像變得比以前更好了……」

「哦～？那不是很好嗎？」

我好奇緣司的反應，斜眼看過去確認，他看起來有點驚訝，同時面帶奸笑。

「你幹嘛？」

「總覺得小翔見到明莉後有點變了。」

儘管我毫無自覺，既然在學校跟職場和我相處最久的緣司都這麼說了，或許真的是如此。

「哪裡變了？」

「嗯——我想想……變坦率了？」

「變坦率了嗎……」

這樣的話，我是否總有一天能夠說出真心話呢？

我在緣司的設計下跑去見光那一天發生的事，除了緣司，還有一個人要告知。
星期一，我主動向跟平常一樣出現在食堂的那個人打招呼。
「午安，心露小姐。」
「午安，阿祥先生。」
心露小姐的態度及表情與平常無異。
我卻沒辦法一如往常。
「對不起，前天突然離開。」
必須好好跟她道歉。
當時，心露小姐似乎猜到了我離開的原因。明知如此，還為我加油。
就算她表面裝得毫不在意，突然被人丟下，或許她其實很生氣。
回去後我傳了訊息給她，但她的回應再正常不過。不曉得她真正的想法如何，應該會不爽吧。
心露小姐微微一笑，否定了我的擔憂。
「我完全不介意，你別放在心上。比起這個，我們來吃蛋包飯吧！」
約會途中突然跑去見前女友，我的所作所為對心露小姐相當失禮。

她卻若無其事地與我相處。

明明應該要賞我一巴掌才對。

「謝謝妳……」

心露小姐停下吃蛋包飯的手，看著放在湯匙上的茄汁炒飯咕噥：

「不過，其實我有點難過。」

「……咦？」

「我真的很喜歡和你相處，每天都期待可以在食堂一起吃飯。要約出去玩的時候，我也一直很期待。」

坐在旁邊的心露小姐沒有看我的眼睛。

不久前，我們之間還連對話都無法成立，能像這樣正常交談可謂顯著的進步，但連我都有點不好意思直視她的眼睛。

「你去見前女友了對吧？」

我本來就覺得她已經猜到了，被她說中還是內心一驚。

「你還忘不了她呢。」

欺騙願意對我直說的心露小姐太過失禮，因此我也決定據實以告。

「說實話，我有點……想和她復合。可是在那傢伙面前，我總是坦率不起來，我們現在的關係又像是好朋友，我怕無法回到情侶的相處模式……」

儘管一天到晚吵架，多虧緣司幫我創造的機會，我和光的關係姑且算是變好了。可是這種關係能否稱之為戀愛，還有點微妙。

倘若光交到男朋友，我會作何感想？

就算我交了女朋友，那傢伙肯定會發出一聲：「哦～」擺出無所謂的態度。

我還搞不懂自己的心意。純粹是不願想像光跟其他男人在一起的模樣。

「我因為你而有了改變，至今也依然在努力改變。因此，你如果有煩惱，我想幫你解決。」

心露小姐始終面向前方，說這句話的時候卻看著我的眼睛。

「只要開始一段新戀情，喜歡上能夠讓你忘記前女友的對象……你就不用再煩惱了沒錯吧？」

「是、是吧……？」

這也是我開始玩交友軟體的原因。結果明明認識了心露小姐這麼好的人，我仍未澈底斬斷對光的留戀，真是優柔寡斷的人渣。

「阿祥先生是個老實人，所以才會這麼認真地在煩惱。這一點深深吸引著我。」

這麼直接的用詞實在不像她，我感覺到耳朵在發燙。

不過心露小姐則不怎麼害羞的樣子，不像平常一樣緊張兮兮。

「所以，我——」

話講到一半，她移開目光開始用智慧型手機打字，不知道是不是感到難為情。

「心露小姐……？」

過沒多久，我的智慧型手機響起。

心露小姐看著我，用智慧型手機遮住紅通通的臉。這個反應使我猜到，是她傳了訊息給我。

智慧型手機螢幕上顯示著一則ＬＩＮＥ訊息。

心露小姐的訊息上寫著：

『為了讓你可以不用再為前女友的事情煩惱——』

心露小姐當著我的面，透過智慧型手機送出那句話的下文。

『我會讓你忘記她。』

心露
為了讓你可以不用再為
前女友的事情煩惱——
我會讓你忘記她。

後記

感謝大家閱讀本作，我是ナナシまる。

本作誕生的經過，是我在構思新作的途中，由於想要加入平常不看輕小說的人也會感興趣的要素，最後選中因為疫情的關係難以結識異性的現在，使用者迅速增加的交友軟體。

我也實際註冊了會員，竟然跟前任配對到了。雖然我們只有配對而已，沒有實際見面，這個事件便成為本作誕生的契機。真的好巧。

以下是謝詞。

責編K大人，感謝您這次也從旁協助不成熟的我。

我常常慶幸，幸好我的責編是K大人。

負責繪製插圖的秋乃える大人，關於心的人設，我提出「有乃木坂的感覺」這種抽象的要求根本是強人所難，您卻完美感應到我腦中的形象，感激不盡。

還有校對人員、角川Sneaker文庫編輯部的成員、各家書店的負責人、業務，以及閱讀本書的各位讀者，真的謝謝大家。今後也請多多關照！

本田小狼與我 1~4 待續

Kadokawa Fantastic Novels

作者：トネ・コーケン　插畫：博

小熊與他人的聯繫因Cub而牽起
被機車改變的人生將重新定位它的意義

畢業腳步逐漸逼近的高三冬天。小熊無視為跨年活動雀躍不已的世界，打算獨自迎接寒假來臨。這時，出現一位有意延攬小熊的機車快遞公司社長浮谷，於是開始新的打工。小熊原本一無所有，也沒有朋友和興趣，然而Cub卻為她帶來了人與人之間的聯繫。

各 NT$200/HK$65~67

刮掉鬍子的我與撿到的女高中生 1~5（完）

Kadokawa Fantastic Novels

作者：しめさば　插畫：ぶーた

「吉田先生，能遇見你這位有鬍渣的上班族實在太好了。」
上班族與女高中生的同居戀愛喜劇，堂堂完結！

吉田和沙優前往北海道，意味著稍稍延後的別離已然到來。在那之前，沙優表示「想順便經過高中」——導致她無法當個普通女高中生的事發現場。沙優終於要面對讓她不惜蹺家，一直避免正視的往事。而為了推動沙優前進，吉田爬上夜晚學校的階梯……

各 **NT$200~250/HK$67~83**

國家圖書館出版品預行編目資料

在交友軟體上與前任重逢了。 / ナナシまる作 ;
Runoka譯. -- 初版. -- 臺北市 : 臺灣角川股份有限公
司, 2023.10-
冊 ; 公分. -- (Kadokawa fantastic novels)
譯自 : マッチングアプリで元恋人と再会した。
ISBN 978-626-378-054-5(第1冊 : 平裝)

861.57 112013285

Kadokawa
Fantastic
Novels

在交友軟體上與前任重逢了。 1

（原著名：マッチングアプリで元恋人と再会した。1）

2023年10月18日　初版第1刷發行

作　者：ナナシまる
插　畫：秋乃える
譯　者：Runoka

發行人：岩崎剛人
總編輯：蔡佩芬
編　輯：彭曉凡
美術設計：莊捷寧
印　務：李明修（主任）、張加恩（主任）、張凱棋

發行所：台灣角川股份有限公司
地　址：104台北市中山區松江路223號3樓
電　話：（02）2515-3000
傳　真：（02）2515-0033
網　址：www.kadokawa.com.tw
劃撥帳戶：台灣角川股份有限公司
劃撥帳號：19487412
法律顧問：有澤法律事務所
製　版：尚騰印刷事業有限公司
ISBN：978-626-378-054-5